CONTOS NEGROS

Ruth Guimarães pela Faro Editorial:

CONTOS NEGROS
CONTOS ÍNDIOS
CONTOS DO CÉU E DA TERRA
CONTOS DE ENCANTAMENTO

Ruth Guimarães

CONTOS NEGROS

COPYRIGHT © FARO EDITORIAL, 2020
COPYRIGHT © HERDEIROS DE RUTH GUIMARÃES, 2020.

Todos os direitos reservados.
Nenhuma parte deste livro pode ser reproduzida sob quaisquer meios existentes sem autorização por escrito do editor.

Diretor editorial **PEDRO ALMEIDA**
Coordenação editorial **CARLA SACRATO**
Edição **JOAQUIM MARIA BOTELHO**
Revisão **BÁRBARA PARENTE**
Capa e diagramação **OSMANE GARCIA FILHO**
Imagem de capa **HAYDEN VERRY | ARCANGEL**
Imagens internas **JUMPINGSACK E MEOW_MEOW | SHUTTERSTOCK**

Dados Internacionais de Catalogação na Publicação (CIP)
Angélica Ilacqua CRB-8/7057

Guimarães, Ruth, 19xx
    Contos negros / Ruth Guimarães. — São Paulo : Faro Editorial, 2020.
    128 p.

    Bibliografia
    ISBN 978-65-86041-39-2

    1. Contos brasileiros 2. Negros - Contos 3. Folclore I. Título

20-3187   CDD B869.8

Índice para catálogo sistemático:
1. Contos brasileiros   B869.8

1ª edição brasileira: 2020
Direitos de edição em língua portuguesa, para o Brasil, adquiridos por FARO EDITORIAL

Avenida Andrômeda, 885 — Sala 310
Alphaville — Barueri — SP — Brasil
CEP: 06473-000
www.faroeditorial.com.br

Sumário

Dois dedos de prosa sobre os contos 7

MITOS IORUBANOS 17

A mãe de ouro 19

O gigante 23

Pacuera-cuera! 31

A mãe-d'água 39

COSMOGONIA AFRO-BRASILEIRA 49

O Senhor do mundo 51

A sombra do outro 57

O lagarto intrometido 61

TRÊS CONTOS DE EXEMPLO 65

O enforcado 67

Quem te matou? 71

O diabo advogado 75

OS ANIMAIS NA MITOLOGIA AFRO-BRASILEIRA 85

O Pinto Sura 87

A casa do coelho 95

O coelho e a onça 101

Macaco Serafim 111

O macaco e o confeito 119

Bibliografia 125

Dois dedos de prosa sobre os contos

Disseram-me que eu devia explicar, rapidamente, num bate-papo ameno, o critério de seleção destes contos. Em primeiro lugar, não houve preocupação sentimental, nem pedagógica. Aliás, o primeiro contato, completamente irracional, com a matéria, foi juntar o material, recolhendo-o despreocupadamente na fonte, isto é, entre o povo, assim como quem recolhia ouro, no tempo em que o havia.

Parece-me necessário observar que algumas das histórias deste volume são variantes dos contos recolhidos também na tradição oral e belamente recontados por Grimm, por Andersen, por Perrault, que, há um século, já sabiam o que convinha à criança. Isto é, o que inspira bons pensamentos ao imaturo, ao homem simples, ao rústico, inspirará bons pensamentos à criança. A maioria, pois, dos contos tradicionais do Brasil é de procedência europeia, veio através dos racontos orais do português descobridor e colonizador. Temos, ainda, porém, as lendas ameríndias e as africanas.

As lendas indígenas, primeiramente as colheram os viajantes estrangeiros, Baldus, Hart, e outros, e, depois, bem mais tarde, os nacionais, Sílvio Romero, Barbosa Rodrigues, Afonso Arinos, Luís da Câmara Cascudo, Basílio Magalhães, J. Silva Campos.

As africanas são mais raras, algumas simples variantes, que o negro introduziu, de histórias europeias. Muitos contos dos bantos, nagôs e jejes são histórias europeias, recontadas pelos negros, que lhes imprimiam sua rude singeleza.

Não se trata de saber se as histórias que compõem este volume são de criação africana. É certo que nos chegaram primeiramente por intermédio de mães pretas e de mucamas, e são correntias entre o forte contingente, outrora escravo, da região valeparaibana. É ali o meu garimpo. Região onde viveu e vive um povo que, depois da Bahia, tem a maior influência negra no Brasil: Sul de Minas, Sudoeste de São Paulo e Baixada Fluminense (Vale do Paraíba mineiro/ paulista/papa-goiaba). Compõem um triângulo de incidências de costumes e de folclore negro, condicionado primeiro pela antiga proximidade do empório do Rio de Janeiro, onde se mercadejava a carne humana para o trabalho: lavoura do algodão, do café e a grande aventura da garimpagem.

O Vale é todo tisnado das características da raça: rostos grandes; pele trigueira, curtida, grossa e lisa; lábios carnudos e sorrisos largos, de orelha a orelha; olhos grandes, parados,

• DOIS DEDOS DE PROSA SOBRE OS CONTOS •

lustrosos, parecendo líquidos; narizes volumosos; cabelos escuros, ásperos, que vão se desenovelando na mestiçagem com o branco. Forma-se um tipo padronizado, marrom-claro, de traços mais finos, conservando as bem-feitas formas do corpo, a alta e macia redondeza dos grandes seios nas mulheres e uma feminina agilidade nos homens. Mulatos*. Quadrarões. Oitavões**. Psicologicamente, o negro é gente alegre, porque a sua visão do mundo é desprevenida e natural.

Por muitos anos, séculos, a África foi considerada um continente fechado, desconhecido mesmo dos colonizadores, desbravadores de selva e caçadores de bichos. E dos predadores de homens. Isolada do mundo todo, pela dificuldade de chegar até lá: pela selva inóspita, pelos rios imensos, pelo viço da vegetação agressiva, pelos animais estranhíssimos, pela gente como nenhum europeu tinha visto outra igual, pelas diversas línguas, não sabidas e jamais ouvidas antes.

---

* N. do E.: Mantivemos, neste texto, a redação original da autora, visto que a obra foi produzida na década de 1980. A palavra mulato tem sido, hoje, considerada racista, porque deriva do latim *mulus*, que quer dizer mulo. A palavra era usada pelos portugueses colonizadores, desde o século XVI, para comparar o negro mestiço a um animal de grande força e resistência para trabalhos forçados. A palavra mulato está em desuso, atualmente, preferindo-se usar pardo, para pessoas filhas de brancos com negros.

** N. do E.: São chamados quadrarões os filhos de um progenitor branco e outro pardo (com um quarto de carga genética de origem negra). Oitavões são aqueles com um oitavo de sangue negro, também chamados octorunos. Também existem os quintarões.

Pensava-se que a África estivesse ilhada do mundo. Enorme continente misterioso, com cultura própria, sem influência exterior. Imprevistamente, a coleta de material folclórico, principalmente de contos afros, apontou inconfundível parentesco com os mais conhecidos contos europeus. Os motivos, já classificados por Aarne-Thompson*, apareciam repetidos. Como tinham ido parar na África? Quando? Por onde? Quem levou?

Teriam sido os muçulmanos, juntamente com os ensinamentos religiosos?

A linguagem escrita na África é de procedência árabe e somente bem mais tarde foi aprendida pelos colonizadores. A influência muçulmana foi tão grande, que a literatura escrita se desenvolveu no Sudão, originando um florescimento intelectual importante, no século XVI, em especial na capital — Cartum**. Isso também pode ser rastreado nos estudos folclóricos, quando se percebem claramente os motivos originários de *As Mil e Uma Noites* e do Corão. Em certos contos

---

* N. do E.: O sistema de classificação Aarne-Thompson, da tipologia de contos folclóricos, foi expandido em 2004 para Aarne-Thompson-Uther, com a publicação do livro *The types of international folktales*, de Hans-Jörg Uther. A pesquisa original da autora é anterior à nova tipologia.

** A cidade de Tombuctu, no norte do Mali, "pérola do Saara", "farol do Islã", foi famosa pela sua coleção de manuscritos dos séculos XIV, XV e XVI, sobre filosofia, poesia, matemática, astronomia e medicina. Por isso foi considerada Patrimônio Cultural da Humanidade pela UNESCO. Mas milhares desses documentos foram destruídos nos conflitos recentes.

• DOIS DEDOS DE PROSA SOBRE OS CONTOS •

entram ogros, gigantes e o conhecido episódio do gênio preso na garrafa. A própria mitologia grega, possivelmente via islâmica, faz incursões no populário afro.

Terão sido os portugueses?

A coincidência de haver contos com variantes muito próximas dos europeus, em Guiné, Angola, Moçambique, coloca a hipótese de uma origem portuguesa nessas regiões, difundida pelos brancos colonizadores.

Haverá contos de criação espontânea do negro, coincidente com os de outras terras — apenas coincidentes? *Chi lo sá?*

Não estamos aqui para dar respostas, mas podemos até aceitar a teoria dos sábios pesquisadores, que colocam a origem dos contos, todos os que existem, na Assíria-Babilônia, no Alto Egito, e negam ulteriores criações espontâneas.

Seja como for, contos afros, trazidos por escravos, talvez portugueses, via navios negreiros, ficaram imediatamente coloridos e modificados, adaptados que foram pela grande caudal da África misteriosa.

Os motivos europeus, principalmente, deram de frequentar os contos de animais — não fosse a África a grande pátria de incomuns espécies, sobreviventes de um mundo perdido.

A série de animais no conto africano é imensa e difere, como diferem uns dos outros os negros tangidos para o Brasil, vindos de tribos inumeráveis. Um traço comum é que tais animais exercem funções humanas, como os das fábulas de Esopo e La Fontaine, sem implicações políticas, mas com muito de observação das essencialidades humanas. Outro traço resistente é a força bruta vencida pela finura, pela astúcia, pela inteligência.

No Sudão, o animal que mais frequenta os contos é a Lebre, solerte e maliciosa. Nas costas da Guiné, um pequeno cervídeo, espécie de antílope, espertíssimo, como um Malasartezinho de quatro patas. Na Nigéria, são a Tartaruga e a Aranha. Ainda há contos com o Coelho, o Chacal, a Hiena, o Elefante, o Crocodilo. As histórias angolanas de animais são de língua banto. Ellis nos dá ciência de todo um ciclo da Tartaruga, na Costa dos Escravos*.

Um traço de africanidade existente em diversos dos nossos contos populares, recontados entre a população mestiça, é a cadência. Como elemento musical, rítmico, os refrões comparecem pontualmente em inúmeros contos afros. Por exemplo, uma variedade de história da Mãe-d'água, recolhida por Silva Campos, entre os negros do Recôncavo Baiano, em que se repete:

— *Você me matou, agora me corte...*
— *Você me cortou, agora me depene...*
— *Você me depenou, agora...*

* ELLIS, A. B. "The Yoruba Speaking Peoples of Slave Coast, of West Africa". Londres, 1894.

DOIS DEDOS DE PROSA SOBRE OS CONTOS

Em "O Macaco e o Negrinho de Cera", citado por Luís da Câmara Cascudo, o refrão é assim:

— *Me mate devagar,*
que me dói, dói, dói...
— *Me corte devagar,*
que me dói, dói. dói...
— *Me coma devagar,*
que me dói, dói, dói...

No conto "A Mãe-d'água", deste volume:

— *Zão, zão, zão, zão,*
calunga.
Olha o mungueledô,
Calunga,
etc.

No conto "O Quimbungo", à ordem de "Canta, meu surrão!", a menina, presa no saco, repete sempre a mesma litania.

Conforme notícia de diversos africanistas, na África o conto era narrado muitas vezes ritmicamente, ao som de pequenos tambores, percutidos em cadência.

Nina Rodrigues, repetindo Ellis, informa que os narradores de contos (**Akpalôs**), na Costa dos Escravos, constituem uma casta, cujo chefe tem o nome de **Ologbô**, isto é, conselheiro. Os autores são unânimes em registrar a atitude

13

extremamente dramatizante de tais contadores, os gestos exagerados, a voz empostada, os olhos esbugalhados, pulos, imitações, gritos, gargalhadas. De certo modo, recriam e vivenciam a história que está sendo contada. Lá e cá. Os nossos autênticos contadores de casos dão espetáculos muito convincentes, enquanto desenrolam seus enredos.

Os contos fantasiosos africanos são chamados **alô**.

As histórias dos animais personificados chamam-se **mi-soso**.

Os relatos, que têm fim instrutivo e útil, onde entram, combinados, experiência, juízo prático e senso comum, são chamados **maka**.

As narrativas históricas são **malunda** ou **mi-sendu** — crônicas da tribo, transmitidas pelos chefes ou anciãos e apenas sussurradas de boca a ouvido entre os componentes das classes dominantes. Segredos de feiticeiros e do soba.

Contar histórias é, entre os africanos, profissão e missão. Desta maneira, sai o contador pelo mundo, de aldeia em aldeia, contando seus **alôs**. Esse contador é o **akpalô-kipatita** — o que faz a vida ou o negócio de contar histórias. Entre angola-conguenses, existe tal função, reservada a indivíduos ou castas.

Cá e lá.

Gilberto Freyre e José Lins do Rego dão notícias de negras — negras, note-se! — que iam de engenho a engenho, com a sua bagagem de contos: as contadeiras de histórias. Guimarães Rosa registra o costume, no Norte de Minas,

• DOIS DEDOS DE PROSA SOBRE OS CONTOS •

Sertão das Gerais, pondo, na boca na negra Joana, duas histórias maravilhosas.

E eis que vou, negra Ruth, **akpalô-kipatita**, de casa em casa, de livro em livro, repetir meus **alô**, **mi-soso**, **maka**, **malunda**, **mi-sendu**, em cadência, como nos cantos de trabalho:

Baticum-gererê!

Ruth Guimarães, 1984*

* N. do E.: Este livro é parte dos originais escritos pela autora e considerados prontos na década de 1980. Entretanto, ocupada com a produção de outros livros e, principalmente, com o cuidado de dois filhos portadores da Síndrome de Alport, foi deixando o projeto de publicar a coleção em segundo plano, e não o pôde realizar antes de falecer, em 2014. Com ajuda dos filhos da autora, a Faro Editorial traz à luz essa bela recolha de contos tradicionais de origem africana, como primeiro volume de uma coleção de histórias que fazem parte da identidade brasileira.

MITOS IORUBANOS

A mãe de ouro

Havia em Rosário, na montante do Rio Cuiabá, um rico senhor de escravos, de modos rudes e coração cruel. Ocupava-se da mineração de ouro, e seus escravos, diariamente, tinham de lhe trazer alguma quantidade do precioso metal, sem o que eram levados para o tronco e vergastados. Tinha ele um escravo, já velho, a quem chamavam Pai Antônio. Andava o negro num banzo que dava dó, cabisbaixo, resmungando, pois não lhe saía na bateia uma só pepita de ouro, e, mais dia menos dia, lá iria ele para o castigo. Certo dia, em vez de trabalhar, deu-lhe tamanho desespero, que saiu andando à toa pelo mato. Sentou-se no chão, cobriu o rosto com as mãos e começou a chorar. Chorava e chorava, sem saber o que fazer. Quando descobriu o rosto, viu diante dele, com uma linda cabeleira cor de fogo, uma formosa mulher.

— Por que está assim triste, Pai Antônio?

Sem se admirar, o negro contou-lhe sua desventura. E ela:

— Não chore mais. Vá comprar uma fita azul, uma fita vermelha, uma fita amarela e um espelho.

— Sim, sinhazinha.

Saiu o preto do mato às carreiras, foi à loja, comprou o espelho e as fitas mais bonitas que achou, e voltou a encontrar a mulher dos cabelos de fogo. Então, ela foi diante dele, parou num lugar do rio, e, ali, foi esmaecendo, até que sumiu. A última coisa que ele viu foram os cabelos de fogo, onde ela amarrara as fitas. Uma voz disse, lá da água:

— Não conte a ninguém o que aconteceu.

Pai Antônio correu, tomou a bateia e começou a trabalhar. Cada vez que peneirava o cascalho, encontrava muito ouro. Contente da vida, foi levar o achado ao patrão.

Em vez de se satisfazer, o malvado queria que o negro contasse onde tinha achado o ouro.

— Lá dentro do rio mesmo, sinhozinho.

— Mas em que altura?

— Não me lembro mais.

Foi amarrado ao tronco e maltratado. Assim que o soltaram, correu ao mato, sentou-se no chão, no mesmo lugar onde estivera, e chamou a mãe de Ouro.

— Se a gente não leva ouro, apanha. Levei o ouro e quase me mataram de pancada. Agora, o patrão quer que eu conte o lugar onde está o ouro.

— Pode contar — disse a mulher.

Pai Antônio indicou ao patrão o lugar. Com mais vinte e dois escravos, ele foi para lá. Cavaram e cavaram. Já tinham feito um buracão quando deram com um grande pedaço de ouro. Por mais que cavassem, não lhe viam o fim. Ele se enfiava para baixo da terra, como um tronco de árvore. No segundo dia, foi a mesma coisa. Cavaram durante horas, todos os homens, e aquele ouro sem fim se afundando para baixo, sempre, sem que nunca se pudesse encontrar-lhe a base. No terceiro dia, o negro Antônio foi à floresta, pois viu, por entre as abertas do mato, o vulto da mãe de Ouro, com seu cabelo reluzente, e pareceu-lhe que ela o chamava. Mal chegou junto dela, ouviu o que ela dizia:

— Saia de lá amanhã, antes do meio-dia.

No terceiro dia, o patrão estava possesso. O escravo que parava um instante, para cuspir nas mãos, levava chicotadas pelas costas.

— Vamos — gritava ele. — Vamos depressa com isto. Vamos depressa.

Parecia tão maligno, tão espantoso, que os escravos, curvados, sentiam um medo atroz. Quando o sol ia alto, Pai Antônio pediu para sair um pouco.

— Estou doente, patrão.

— Vá, mas venha já.

Pai Antônio se afastou depressa. O sol subiu no céu. Na hora em que a sombra ficou bem em volta dos pés, no chão, um barulho estrondou na floresta, desabaram as paredes do buraco, o patrão e os escravos foram soterrados, e morreram.

O gigante

Era uma vez um homem tão forte e tão grande, da terra longínqua dos gigantes, que poderia sem esforço pôr o mundo nas costas e sair trotando. Esse homem, um dia, resolveu andar pelo mundo em busca de fortuna. Pôs-se a caminho, e seus passos ressoavam espantosos pelas estradas. À sua aproximação, fugiam os pássaros e o povo. Por muito tempo, ele percorreu os caminhos, em várias direções, até que chegou a uma fazenda, cuja dona era a mulher mais avarenta do mundo. Mal viu aquele homem tão forte, ela calculou que trabalharia mais que qualquer outro e regozijou-se por vê-lo sujo e maltrapilho, pois imaginou que ele, no estado em que estava, não poderia exigir muito. Tinha razão de pensar assim. O peludo gigante estava reduzido à mais extrema miséria. Tinha uma barba tão grande, que poderia dar com ela sete voltas em torno do pescoço, mas sua fome era ainda maior do que a barba. Havia já esquecido o sonho de riquezas e disse humildemente que trabalharia em troca somente de casa e comida.

— Mas você, com tanta força, não arranjou um emprego bom? — perguntou a mulher um pouco desconfiada.

— Não, senhora. Todos tinham medo de mim e fugiam mal eu chegava perto deles. Tive que roubar para comer, coisa de que não gosto. Sou um gigante sério.

— Está bem, está bem. Pois eu o aceito, para trabalhar na roça. Você come muito?

— Não, senhora — respondeu ele mais humilde ainda, abaixando a cabeça, que era grande como uma pedra de moinho. — Até que, para o meu tamanho, não como tanto assim. Quando muito, uns dois ou três bois no almoço.

Vendo o espanto da mulher, ele acrescentou apressadamente:

— Se a senhora não tiver bois, como uns sete ou oito bezerros, ou dez cabritos. E se não houver nem bezerros nem cabritos, umas duas dúzias de cachorros mesmo servem. Eu me contento com pouco.

Ela foi generosa:

— Então você pode comer todos os cachorros que encontrar na redondeza. Se alguém reclamar, diga que come por minha conta.

Logo no primeiro dia, as coisas não correram muito bem, porque o gigante era tão estúpido quanto grande — pobre homem! —, e tomava muito ao pé da letra tudo o que

• MITOS IORUBANOS •

lhe diziam. Pela manhã, a fazendeira lhe deu uma enxada enorme, de acordo com o seu tamanho, e disse:

— Vá capinar o milho.

— Sim, senhora — concordou ele.

E lá se foi com a enxada nas costas, dando passadas de sete metros. Estava tão contente por achar emprego que começou a trabalhar cantando, numa voz de abalar até as pedras. Ao ouvir aqueles urros, não ficou ali perto nem um bicho de pelo, nem aves, nem gente, e até as árvores e o vento se imobilizaram de espanto. Dali a pouco, vinha ele de volta, todo feliz.

— Como é, já fez tudo?

— Já, sim, senhora.

— Você merece três bois, hoje — disse a mulher, satisfeita.

O gigante engoliu todos os três numa bocada, lambeu os bigodes e foi dormir. A mulher foi ver o serviço e, mal olhou a roça, teve um ataque. Não havia um só pé de milho. Estava tudo cortado, caído no chão. Parecia que um furacão tinha passado por ali.

— Mas, o que foi isso, santo Deus? — gemeu ela assombrada, voltando a si.

Então, saiu um anão de baixo de uma pedra e disse numa voz fininha e fanhosa:

— Estou escondido de medo. Apareceu um gigante aqui hoje, com uma enxada de metros, uma barba de sete voltas e uma cabeça que furava as nuvens. Chegou e começou a

25 •

capinar. Cada enxadada que dava, caíam cem pés de milho. Ah! Nem cochilei. Saí correndo, antes que ele me confundisse com uma formiga e me botasse o dedão em cima.

A fazendeira boi embora, arrancando os cabelos.

— Gigante dos meus pecados — disse ela, fazendo um berreiro. — Quem mandou você cortar os pés de milho?

— A senhora mesma — disse ele com simplicidade, curvando-se para ouvir melhor o que ela dizia.

— Eu não, seu animal de rabo!

— A senhora me mandou capinar o milho, não foi? Pois eu capinei.

— Mandei capinar o mato em torno dos pés de milho, pedaço de zebra. A gente diz "capinar o milho", para ficar mais fácil. Toda a gente sabe o que é — gritou ela, trêmula de ira. — Vá-se embora daqui e nunca mais me apareça.

— Vou, sim, senhora. Mas primeiro a senhora me paga.

A mulher, que era a mais avarenta do mundo, já se sabe, pensou um pouco e chegou à conclusão de que o trabalho dele compensaria o prejuízo em dois ou três dias. Ao passo que, se ele se fosse, ela ficaria com um grande prejuízo, além de ter que lhe pagar um dia de serviço.

— Está bom. Pode ficar — falou ela. — Mas não me faça outra.

• MITOS IORUBANOS •

No outro dia, ela mandou o gigante buscar lenha.

— Traga um feixe bem grande — recomendou, querendo que o serviço dele rendesse tanto que valesse pelo trabalho de muitos camaradas.

Foi, então, o gigante. Passou mais de uma hora puxando cipó. Tirou tudo quanto foi cipó-guaçu do mato, daqueles grossos como canos d'água, fez uma rodilha colossal, passou tudo aquilo em torno das árvores da mata, de todas, sem exceção de uma só, e, depois, com um puxão, arrancou a floresta inteira e arrastou-a até a fazenda. Com a floresta vieram os seus animais, onças bravias, dando miados pavorosos, porcos-do-mato, batendo as queixadas, com um barulho de matar de susto qualquer cristão, vieram as antas, os gambás, as cobras; tudo aquilo piando, correndo, rugindo, gritando, com medo e com raiva.

A fazendeira quase morreu de espanto.

No outro dia, ela mandou o gigante trazer um pouco d'água. Como já estava escarmentada, recomendou:

— Um pouquinho só, um *poucochinho*, gigantinho do meu coração. Não vá me trazer a lagoa inteira.

— A lagoa inteira... quiá-quiá-quiá-quiá-! — gargalhou ele. E era uma risada tão horrorosa, que o mundo inteiro tremeu.

Pois, no outro dia, o senhor gigante cavou um fundo buraco na terra, um grande buraco circular, em torno da água. Tirou a lagoa inteirinha do chão, atirou-a nas costas, como quem atira um cesto de laranjas, e deixou-a na porta

27 •

da fazenda, com jacarés e tudo. Ah! foi um tempo dos diabos. Gritava a fazendeira, gritavam os empregados, urrava o gigante, rindo aquele seu grande riso temeroso:

— Uma lagoa inteira! quiá-quiá-quiá-quiá-quiá-quiá!...

Aí, a fazendeira não pensou mais em lucro. Pensou somente em se ver livre daquele horrível empregado, que só fazia coisas absurdas.

— Gigantinho do meu coração — gemeu ela. — Se você quiser ir-se embora, pode ir. Vá hoje mesmo, gigantinho!

Não adiantou se derreter como manteiga. O gigante nem se abalou.

— Se a senhora me pagar, eu vou embora.

— Você aceita um tostão, gigantinho?

— Não, senhora.

— Você aceita um saco cheio de tostões, gigantinho?

— Não, senhora.

— Você aceita...

— Não, senhora, nãããão, senhora, nãããããão, senhora!

O gigante começou a gritar e a pular:

— Quero um burro carregado de ouro! Quero um burro carregado de ouro!

Então, a fazendeira, muito espantada, deu-lhe o que ele pedia, e ele lá se foi, acertando o passo pelo trote do burro, muito feliz da vida, cantando a plenos pulmões, com o que o mundo inteiro se estatelou de espanto.

MITOS IORUBANOS

Os gigantes são de etiologia indefinida, meio que aparentados com os ogros europeus, e talvez provindos da rica mitologia grega, com seus Titãs, Polifemos, Briareu e outros.

Quando se toma contato com os contos, na sua totalidade geográfica, percebemos o seguinte: os gigantes estão em todos os folclores, e parecem de geração espontânea, quem sabe reminiscências de uma possível raça de homens gigantescos, como os que ainda há na Patagônia e como repontam em todos os povos alguns espécimes, aqui e ali.

Repete-se o que se deu com o Dilúvio Universal, que foi o mesmo e não foi, nos diversos povos, de maneira que temos uma história de dilúvio sempre igual, em todo o globo, com personagens diferentes.

Numa coisa concordam África e Europa. O Gigante é sempre burro, seja aqui, seja acolá. O que lhe sobra em tamanho, falta em inteligência.

No conto deste livro, coletado entre pretos velhos, numa população muito mesclada com o elemento negro, o Gigante cumpre, ao pé da letra, as tarefas. Os mesmos motivos encontramos no Pedro Malasarte, de origem nitidamente europeia. Porém, o que o Malasarte faz por astúcia e finura, o gigante repete por falta de entendimento.

Pacuera-cuera!

Eram dois irmãos tropeiros. Um dia, chegaram a um rancho no sertão de Minas. Num canto do rancho, embrulhada numa folha de bananeira, bem arrumada, como se fosse para levar em viagem, o mais velho achou uma pacuera, parecia que tirada de um animal recém-abatido. Cor-de-rosa, cheirando a carne fresca. O moço disse:

— Viva! É um petisco e tanto. Vou assar e comer este bofe.

— Não faça isso! — falou o outro. — Comer essas porcarias achadas no chão, sem saber de que bicho vieram...

— Está fresca — interrompeu o outro. — É só lavar. Água lava tudo. Só não lava é língua de gente como você, que tudo malda.

— ... e nem quem jogou — completou o outro, sem tomar conhecimento da argumentação do mais novo.

— Quem jogou não importa. É sinal de que estava sobrando...

— Ou está velha. Ou envenenada. Por boa-fé não foi que jogaram fora.

— Jogaram, não. Esqueceram. Estava bem protegida, no meio de folhas verdes. Vou comer. Não vai me dar dor de barriga.

— Piorou. O dono volta pra buscar e o que você vai dizer?

— Que buscar, o quê? Neste fim de mundo, quem passou por aqui, se bem andou, longe vai. Não vai voltar, por causa de um pedaço de bofe.

Acendeu uma fogueirinha de gravetos, juntou uns pedaços de lenha grossa pra fazer brasa e, dali a pouco, ao alegre crepitar do fogo indizivelmente vermelho, assou o bofe. Cheirava bem. Comeu-o. Não deixou de rir do irmão que, de cara amarrada, a um lado da fogueira, jantou só carne seca com farinha.

— Boa a janta? — indagou.

— Pelo menos eu sei o que estou comendo.

— Eu também. Não quer mesmo um pedacinho do meu assado?

— Deus me livre!

— Se veneno tinha, a água lavou. Quer?

— Não me amole!

— Sua alma, sua palma.

E, rindo muito, o rapaz acabou sozinho com a pacuera.

Em seguida, acamaçou calmamente um tanto de folhas secas, estendeu por cima uns pelegos e foi dormir. O irmão fez o mesmo.

Estava um sossego. As árvores não buliam, não havia rumor de grilos, nem pios de corujas, nem coaxar de sapos, não fazia frio nem calor; noite boa para um bom sono, depois da refrega do dia, ambos em paz com sua consciência.

A noite caminhou com pés de lã e silêncio, até bem tarde. Vizinhava a meia-noite, e, então, um urro pavoroso se ouviu do fundo do mato. Os dois irmãos acordaram aterrorizados.

— Credo! Que foi isso?

Entrou pelo rancho adentro um bicho extravagante, grandalhão, feio como os pecados, peludo.

Foi direto ao canto onde tinha sido encontrada a pacuera, escarvou a terra com as unhas, fungou, e, enquanto isso acontecia, os irmãos saíram devagarinho, correram para o mato e subiram em uma grande árvore ramalhuda.

O bicho peludo fuçou todos os cantos do rancho e, nada achando, virou para cima o feio focinho e urrou:

— Pacuera-cuera!

Os dois moços, no alto da árvore, ficaram encolhidinhos, tremendo de medo, e rezando para que aqueeeeeeeeeela cooooooooooisa fosse embooooooooooooora.

— A gente aqui ele não vê e nem acha. Aquilo é bicho do chão — disse o comedor da pacuera.

O outro nem respondeu, de tanto medo.

Mas a ilusão do guloso durou pouco. De dentro dele, uma voz esquisita bradou:

— Por onde eu saio?

E o bichão, lá no rancho, urrando:

— Pacuera-cuera!

O moço levou tamanho susto, que quase caiu da árvore. Ainda teve presença de espírito de responder:

— Sai pela boca.

— Pela boca não saio, porque tem cuspo. Por onde eu saio?

— Sai pelo nariz.

— Pelo nariz não saio, porque tem sujeira. Por onde eu saio?

— Sai pelos ouvidos.

— Pelos ouvidos não saio, porque têm cera. Por onde eu saio?

— Sai pelos olhos.

— Pelos olhos não saio, porque têm remela. Por onde eu saio?

— Sai pelos buracos lá de baixo.

— Por lá não saio, porque têm porcaria. Por onde eu saio?

— Sai pelo umbigo?

— Pelo umbigo não saio, porque está tapado. Por onde eu saio?

E o bichão temeroso, lá embaaaaaaaaaaaixo:

— Pacuera-cuera!

Aquilo já estava ficando sem graça.

— Por onde eu saio? — berrou a pacuera, dentro da pança do rapaz. E ele:

— Saia por onde quiser e não me encha!

E aí:

— Tum!

A barriga do moço deu um estouro, a pacuera pulou lá de dentro, o bichão apanhou no ar o que era dele, e na mesma hora sumiu.

Embora **pacuera** seja uma fala tupi, existem contos de procedência africana em que se conta o mesmo enredo.

Em Héli Chatelain, em sua obra já citada aqui, há o conto "Muhatu Uasema Mbiji", a mulher que desejava peixe. A versão congolesa é "Ngana Kimalanezu Kia", acontecida com o negro chamado Tumb'a Ndala:

Tumb'a Ndala era casado havia muitos anos e vivia na maior harmonia com sua mulher. Quando esta engravidou, aborreceu a carne, querendo apenas peixe. Uma vez o marido foi pescar e apanhou uma infinidade de peixes, mas com tão pouca sorte, que eles conseguiram fugir para outro rio.

Certo dia, ele avisou a esposa: "Prepara-me o almoço que eu vou pescar". Feito isso, o homem se dirigiu ao rio para onde os peixes haviam fugido, acampando próximo, para comer. Em seguida resolveu-se a pescar e lançou a rede. O primeiro lance nada trouxe, o segundo também não. Na terceira tentativa, sentiu a rede muito pesada e disse ao rio: "Fazei o favor de esperar, pois o vosso amigo já é pai". Ele, pouco depois, escutou uma voz: "Puxa agora!". Quando puxou, saltou um peixe muito grande. Colocou-o no cesto e pôs-se a caminho. Aconteceu, porém, que todos os outros peixes seguiram o peixe grande, e só se escutou na relva um *malalá, malalá*! De volta à casa, a esposa e os vizinhos vieram ao seu encontro e ele entregou o peixe para ser escamado.

A mulher devolveu-o dizendo: "Escama-o tu!". O marido recusou, e ela não teve outro remédio senão fazer esse serviço. Ao começar, escutou uma voz: "Quando me escamares, escama-me bem", e assim todo o tempo, enquanto durou o trabalho. Quando acabou, deitou-no na panela, mas o peixe continuou, como se estivesse a cantar. Pronto para ser servido, ela preparou cinco pratos e convidou o marido e os vizinhos. Todos se recusaram e só ela comeu a refeição.

Quando acabou, pegou um cachimbo e uma esteira, que estendeu e onde se sentou. Pouco depois, escutou dentro das suas próprias entranhas: "Por onde sairei?". "Pelas solas dos pés." "Achas bem que saia pelos teus pés, que pisam o chão sujo?" "Então saia pela minha boca." "Como poderei sair pela boca que me engoliu?" "Procura então o lugar que quiseres." "Neste caso sairei por aqui." E o peixe saiu, deixando a mulher cortada ao meio.

Há inúmeras variantes no Vale do Paraíba, sempre ligadas à gula. Num velho conto do Vale, apareceu uma ave no terreiro e a dona da casa a apanhou e matou. Depois de morta, a ave começou a dar ordens:

— Você me matou, agora me depene.

— Você me depenou, agora tire a tripa.

— Tirou a tripa, agora me corte em pedaços.

Ficou nessa lenga-lenga, ditando todos os passos, até que mandou que a levassem para a mesa. A família, horrorizada, não quis saber de comer a ave falante, e a mulher comeu-a toda sozinha. Nem bem acabou de engolir o último pedaço, começou o canto, dentro da sua barriga: Por onde que eu saio...?

Silva Campos recolheu uma variante, contada pelos negros do Recôncavo Baiano; em parte, o motivo constituído pela prisão de um animal, por meio de pez, cera, ou outro material, vindo, depois, em convergência, a parte em que o animal — ave, peixe —, quando apanhado, canta as sequências de sua morte, do cozimento e de quando é devorado.

O conto "O Macaco e a Negrinha de Cera", de Luís da Câmara Cascudo, já mencionado na introdução deste volume, segue o mesmo esquema e o repetido refrão é:

> *Me mate devagar,*
> *que me dói, dói, dói...*

E depois:

> *Me corte devagar,*
> *que me dói, dói, dói...*

E ainda:

> *Me coma devagar,*
> *que me dói, dói, dói...*
> *Até o amargo fim.*

Artur Ramos recolheu uma variante em Alagoas. O padre Constantino Tastevin, um entre os negros congoleses. Lindolfo Gomes conta num dos seus contos populares a mesma história.

Todos esses contos de ressurreição de animal comido, geralmente ave (por exceção está registrado aqui o conto de um peixe), foram já classificados no sistema ATU — no sistema Aarne-Thompson é o Motivo E32.

É próprio da maneira de contar dos negros o refrão que percorre os contos.

A mãe-d'água

Era uma vez um homem muito pobre, que tinha uma boa plantação de melancias na beira do rio. Porém, quando estavam as pesadas frutas maduras e, ao calor, via-se o coração vermelhando, ele não conseguia colher uma só que fosse. Desapareciam de noite. Ele procurava os rastros do ladrão e nada encontrava na terra fofa. "Deve ser algum canoeiro, que vem pela água." Acreditando nisso, escondeu-se por trás de umas moitas e passou parte da noite espiando. Nada viu na primeira noite, nem na segunda. Na terceira, ouvindo um leve rumor para os lados do rio, foi devagarinho até lá, e viu uma moça linda, de compridos cabelos verdes e olhos d'água profunda, colhendo as melancias todas. Foi atrás dela, bem devagarinho, pé ante pé, e agarrou-a.

— Ah! Danada! — gritou. — É você quem carrega as minhas melancias. Pois, agora, você vai para a minha casa, para se casar comigo.

— Eu não — gritava a moça. — Eu não.

Mas o homem era forte, e ela foi.

— Bem feito pra mim, que roubava as frutas — disse ela.

— Você, então, se casa comigo? — perguntou o homem, embevecido com a sua beleza.

— Caso. Mas tem uma coisa.

— O quê?

— Nunca arrenegue de gente de baixo d'água.

— Pois sim. Nunca arrenegarei.

Foram para a cidade, num domingo, para se casar. Juntou gente para ver a moça, tão linda, com seus cabelos verdes e olhos de água verde — tão linda! Entrou na casa do pobre, e, com ela, o milagre. E, com ela, a fartura. O melancial deu de arrebentar em melancias de arroba. O arrozal pendia de espigas enormes. Nas laranjeiras, era preciso pôr escoras, pois vinham abaixo com as laranjas. E as vacas tinham bezerros formosos. As ovelhas, tanta lã que as maçarocas tiradas cada verão deram um fabuloso lucro. E era tudo assim. O homem fazia um negócio, ganhava um mundo de dinheiro. Comprou terras, aumentou as plantações. Adquiriu mobílias, louças, joias, roupas. O gado inumerável, dinheiro que não se acabava, escravaria, tudo o que tinha foi multiplicado. Tudo o que não tinha lhe veio ter às mãos. Corria tudo muito bem, quando a moça começou a se desleixar. Andava pela casa com os vestidos esfrangalhados, emaranhada a bela cabeleira. Como não tomava conta de nada mais, os empregados também nada faziam. E era uma sujeira de dar nojo, pela casa toda. Os filhos, de carinha suja, choramingavam de fome. O marido pedia:

— Mulher, tome conta da casa. O que foi isso? Você era tão prestimosa...

A moça nem respondia. E a casa dela e os filhos continuavam na mesma.

Um dia, o homem, arreliado, falou:

— Arre, também, que já estou perdendo a paciência. Arrenego de gente debaixo d'água.

A moça, que estava sentada, levantou-se mais que depressa e foi andando em direção ao rio, ao mesmo tempo que cantava:

Zão, zão, zão, zão,
calunga,
olha o mungueledô,
calunga,
minha gente toda,
calunga,
vamos embora,
calunga.

O homem gritou:

— Não vai lá, não, mulher.

E ela, sem olhar para trás, ia andando. Atrás dela, foram saindo os filhos, os empregados, o pessoal jornadeiro das roças.

> *Zão, zão, zão, zão,*
> *calunga,*
> *olha o mungueledô,*
> *calunga,*
> *meus bichos todos,*
> *calunga,*
> *vamos embora,*
> *calunga.*

Com vagaroso passo, foram os rebanhos se dirigindo para o rio. Foram as vacas de leite, os bois de carro, as ove-lhinhas brancas de neve, cabras e cavalos e burros, bestas de carga; até o cachorrinho, até o gato, até a tartaruguinha com que as crianças brincavam, e o papagaio. Alcançaram a mãe--d'água, passaram adiante dela, foram andando para o rio e entrando n'água, como se pisassem no terreno limpo, e desaparecendo aos poucos, sem alarido.

> *Zão, zão, zão, zão,*
> *calunga,*
> *olha o mungueledô,*
> *calunga,*
> *meus "terens" todos,*
> *calunga,*
> *vamos embora,*
> *calunga.*

— Não vá embora, não, minha mulher — o homem gritava.

Os móveis, as joias, a louça, os baús, começaram a pular em direção ao rio. Até a casa se sacudiu e pulou. Cercados, telheiros, galinheiros, cercas de divisa, plantações, foi tudo engolido pelas águas. Dentro em pouco, a moça, cantando, mergulhou também. Quando o homem viu, estava sozinho, na margem tranquila, com as suas roupas de pobre, e na terra somente havia uma plantaçãozinha reles de melancia.

Ele foi viver de novo pobremente, de vender as frutas, mas também nunca mais a mãe-d'água buliu na sua roça.

O principal dos mitos hidroláticos brasileiros é Iemanjá, primitivamente deusa marinha da África Sudanesa. É uma entre as muitas mães das águas. Entre os bantos angolanos há duas mães-d'água: Quianda (ou Kianda) em Luanda, e Kiximbi em Mbaka, conforme testemunha Héli Chatelain, em "Folk-Tales of Angola".

Como duende feminino das águas, surgiu, literariamente, um mito de origem europeia, de longos cabelos loiros, meio mulher, meio peixe: a sereia.

Na Antiguidade, não se tem notícia dessa forma. Em Homero, a sereia era ave, e não peixe. Cantava para confundir os navegantes e os fazer naufragar. Até o século XVII, não havia no Brasil notícia popular da sereia, como também não se conhecia a Mãe-d'água, na sua forma atual. Houve um curioso sincretismo, de três caminhos convergentes. De um lado, os mitos aquáticos indígenas: Boiuna, Cobra-Grande, Iara, e, precedendo a todos, o terrível Ipupiara, comedor de gente. Por outro lado, o branco invasor tinha uma longa tradição de deusas marinhas, as sereias, que frequentavam todos os rios e mares da Europa, desde as deusas eslavas até, por exemplo, Lorelei, duende feminino do Reno. E, por último, entraram as deusas das águas africanas, Iemanjá, Janaína, que formaram sincretismo com os santos católicos, principalmente Nossa Senhora.

Iemanjá, protetora dos pescadores e dos viajantes, é apresentada como a imagem de uma senhora, toda de branco e azul, com um véu que semelha água caindo. Aos pés da deusa, que tem as mãos estendidas e abertas, como que oferecendo proteção, sempre há um pequeno lago, com água de mina ou do mar, trocada de sete em sete dias.

Mãe-d'água é um mito hidrolático dos iorubanos. Frequenta as águas profundas do mar. Entretanto, é encontrável também nas margens amáveis dos rios. Responde por vários nomes: Janaína, Princesa de Aiocá, Princesa de Arocá, Oloxum, Sereia Mucunã, Inaê, Marbô; é Dandalunda entre os bantos, mãe Dandá dos candomblés baianos, e, como Anamburucu, é maligna, à maneira das deusas primitivas. Como já dissemos, é chamada ainda Quianda, em Angola, em Luanda.

Foi estudada por Nina Rodrigues, no livro *As Religiões no Rio*.

J. Silva Campos (*O Folklore no Brasil* — edição comentada por Basílio Magalhães) relata um desses contos de marido da Mãe-d'água.

• MITOS IORUBANOS •

Jorge Amado, em *Mar Morto*, conta da Iemanjá dos Cinco Nomes.

Luís da Câmara Cascudo alude a um conto em que a tônica é dada pela recomendação do ente sobrenatural, no caso a Mãe--d'água: "Nunca se arrenegue de mim, nem dos entes que vivem no mar".

O conto nagô "Iya Omin Okum" repete a advertência: "Não arrenegue de gente de debaixo d'água...".

Em outro conto, a cantiga da Mãe-d'água, quando abandona o esposo malcriado, que tinha acabado de arrenegar da gente das águas, começa assim:

> — *Minha gente*
> *é de xambariri.*
> *Cai, cai, cai,*
> *no mundé.*

Os indígenas têm um mito aquático, Iara, espécie de sereia, que atrai os enamorados para o fundo das águas, e eles nunca mais são vistos. Parece-me esta a diferença essencial entre o afro e o ameríndio. Neste, a náiade, Iara, sereia do mar, ou lá o que seja, não abandona o seu elemento, salso ou doce. É para lá que leva o apaixonado. E vai-se com isso, deste modo, a oportunidade de o rapaz ofender a bela. Já no conto afro, a deusa desce até o mortal, oferecendo-lhe riqueza, fartura, felicidade; participa um pouco da função daqueles gênios d'As Mil e Uma Noites, até que, muito humanamente, o homem cansa, não das mordomias, mas do amor, porta-se grosseiramente com a deusa, ela se vai — uma vez que o conto é punitivo, com ela vai a riqueza. Lá fica o pescador, o ribeirinho, na sua palhoça, e o conto dá em nada.

45 •

Blaise Cendrars, em *Anthologie Nègre*, conta uma história dos Bassutos da África Meridional, aparentada com a nossa: Séètelané encontra um ovo de avestruz. Quebra-o, dali sai uma linda moça, que ele leva para a sua cubata e desposa. A moça, para consentir no casamento, impõe apenas uma condição: "Nunca me chame de filha-do-ovo-de-avestruz".

— Imagine! Gente! Eu te chamar disso aí? Nunca!

Mas foi o que o rapaz fez numa querela entre o casal, seguida da partida da esposa, com tudo o que tinha trazido, magicamente, de riquezas.

Consta que, em Madagascar, existe uma família descendente da Mãe-d'água. O cavaleiro Huldebrand von Rinstelten casou-se com uma ondina de Kuhleborn, rei do rio.

O conhecido poema medieval de Heinrich Heine fala da sereia Lorelei, que habitava altos penhascos, à margem direita do Reno. Ali, penteava com pente de ouro os cabelos dourados e atraía os navegantes para o naufrágio. Essa lenda nos leva aos mitos gregos e, por aqui, ponto final.

O Motivo C31, de Aarne-Thompson, classifica como tabu: "Offending Supernatural Wife", o que nos conduz a uma conclusão: a África, tão isolada e misteriosa, vê-se que está perfeitamente integrada ao folclore universal.

COSMOGONIA AFRO-BRASILEIRA

(Contos de explicar o mundo e a vida)

O Senhor do mundo

Consta que o Senhor do Universo, certo dia, olhou para as campinas vazias, os rios sem peixes, o céu sem pássaros, as árvores sem ninhos, nenhuma ninhada na floresta, nenhum tropel nas veredas, e meditou que este mundo estava mesmo muito triste e desconsolado. Então, resolveu fazer os animais. Sentou-se ao sol, que era novo e radiante, apanhou barro de todas as cores, dispôs-se a começar o trabalho. Quando o viu assim aparelhado, o Inimigo, um que tinha pés de pato e rabo comprido, pelos no corpo e chifres, quis dar uma demão na feitura do mundo.

— Eu também quero ter parte — disse ele, muito arrogante. — Tudo o que alguém possa fazer, eu também posso, e talvez melhor.

— Seja como queres — disse o Senhor tranquilamente, sem interromper a modelagem cuidadosa que fazia.

Sentou-se o Inimigo, atento ao menor dos movimentos do Senhor. Viu-o tomar do barro, amassá-lo, formar a imagem, colocar aqui a cintilação do diamante, ali o brilho da pétala, uma pincelada de sol, outra de brilho d'água. Dali a pouco, abriu as divinas mãos e dela saiu uma joia rara, viva, esvoaçante: o beija-flor. Saiu e já se pôs a visitar as flores, beijando cada corola com seu longo bico, e abrindo, num movimento sutil, as finas asas de plumagem iridescente.

— Isso eu também faço — disse o Invejoso.

Pegou do barro com suas garras pontudas, afeiçoou-o longamente, pincelou nele verdes de musgo e sombras de árvores no chão. Procurou a originalidade de meios-tons, em vez das cores brilhantes do Mestre. A argila, tomou-a do tom mais neutro, um cinzento de neblina. Em vez de dois pés, modelou quatro, com mais dedos, mais longos, mais fortes para o pulo, e firmes. Abriu dois grandes olhos na cara achatada, para lhe dar vigorosa expressão. Era uma cabeça de sábio e de contemplativo. Não se lembrou das asas. Abriu a mão, com um sorriso, e o bicharoco saiu saltando pelo chão. Era o sapo.

Esse primeiro fiasco não o impediu de continuar.

— Em frente — disse ele.

O Senhor tomou serenamente de mais um pouco de barro e tornou a modelar um bichinho delicado. Ave, também, marronzinha, olhinhos pretos, bico fino, pernas retas, nervosas. Nem estava pronta, e já lhe saía da garganta uma cascata de gorjeios.

— Fácil! — resmoneou o Temeroso, mal o Senhor abriu a mão e o joão-de-barro voou para o primeiro ramo.

— Fácil! — Tomou da argila mais macia, a mais doce ao manusear, volteou-a entre os dedos poderosos, com cuidado, com arte, fez o animalzinho de pés delicados, focinho fino; cada feição delineada com capricho. O corpo foi revestido de velo fino, entre pluma e pelo — seda, antes que seda houvesse. Dessa vez não se esqueceu das asas. Fê-las vigorosas, grandes, e, para que não se desequilibrassem no voo, ligou-lhe as partes com uma membrana transparente, mas forte, arrematada numa sequela de curvas, formando esquisito desenho. Para ser ainda mais original, desdenhou do marrom-claro da plumagem do joão-de-barro. Misturou cores de musgo, de ferrugem e de sombra, e gastou tinta à vontade, sem economizar.

— Ficou bonito — avaliou sem modéstia alguma.

Impeliu a sua criatura para o alto, ela girou, voando às tontas, ofuscada pelo sol, e foi logo se resguardar numa loca de pedras, escura e úmida, onde ficou pendurada de cabeça para baixo. Estava criado o morcego.

E já estava o Senhor, novamente, ocupado nas suas criações, feitas de luz e de cores. Armou um bichinho comprido, com olhos facetados, terminando no alto por dois ferrões. Emendou dos dois lados, à guisa de asas, duas pétalas de flor de ipê. Polvilhou nessas asas uma poeirinha de sol. Jogou o bichinho para o alto, e a borboleta amarela saiu pelos ares, traçando linhas quebradas. E fez outra e mais outra, um bando milionário das aladas flores. E formou outras borboletas de retalhos de nuvens, e outras de diamantes reduzidos à poeira fina. E outras azuis, de aparas do céu, ou, quem sabe, do lago. E outras de espuma. E outras rajadas, pedras do caminho transfeitas em luz.

Vai o Sem-Respeito e diz:

— Vou fazer muitas borboletas e todas diferentes.

Do barro, conformou o corpo, bem maior, mais grosso, caprichado. Armou as duas antenas no alto e os olhinhos saltados, de contas coloridas. Usou as cores do arco-íris. As do poente. As da madrugada. Pintou um bichinho de verde-musgo, outro de cor de opala, e outro de vermelho-vivo, e outro de preto e branco, com filamentos escarlates. Enxertou uns cabelinhos nas costas de uns, fez outros lisos e macios. Alguns eram às listas, outros às manchas, outros aos pingos. Verdadeiramente, saíram lindos, sem nada do sombrio que caracterizou até o momento as criações do Não-sei-que-diga. Somente que tornou a se esquecer das asas, no entusiasmo da mistura das tintas.

À medida que os soltava, eles se estorciam no chão, ou se quedavam imóveis, ostentando as cores magníficas. Tinha sido inventada a taturana e tinha sido inventado o compadre mandorová, que alguns chamam de bicho-cabeludo.

— Quer desistir? — perguntou o Senhor, enquanto dava um retoque em outra das Suas criações.

— Eu não desisto — retrucou o Orgulhoso. — Toca pra frente.

COSMOGONIA AFRO-BRASILEIRA

E ficou espiando o bichinho que Deus havia feito: a lavandisca, também chamada lavadeira, que o povo conhece como pito-de-saci.

E disse Deus:

— Os poetas a chamarão libélula.

Parecia, com suas asas translúcidas, um pouco do próprio ar, delimitado em luz.

— Essa é um pouco difícil — reconheceu o Arrogante. — Não dá para eu fazer nada tão belo. Tu venceste. Permita-me construir o seu contrário, como eu sou o Teu contrário.

— Como queiras — disse Deus.

O que era leve, o Malvado tornou pesado. Onde era luz, colocou trevas, onde havia transparência, formou espessura. Onde encontrou o brilhante, deixou opaco.

— Isso não imitei — bradou, jogando para cima o animalejo. — Isto é meu! Isto eu criei!

O besouro cascudo abriu asas de treva compacta, encolheu as perninhas, seis garranchos negros, e desferiu o voo, zumbindo. Junto da lavandisca, fazia um contraste bem singular.

O Decaído puxou a capa preta, cruzou-a no peito e se foi, deixando que o Senhor do Mundo fizesse sozinho o resto do Seu mundo.

A sombra do outro

O Invejoso não se emendava. Um dia, em que passava pelo Éden, fechado para sempre, no que lhe dizia respeito, parou:

— Calor, hein? — comentou para o primeiro anjo que lhe passou ao alcance da voz.

— É verdade. Vamos mandar uma chuvinha, para refrescar.

— Não carece.

— É hora de contentar as plantas, coitadinhas, e está uma poeira de lascar.

— Ainda que mal pergunte — disse de repente o Curioso, firmando a vista e dirigindo-se ao Senhor, que aperfeiçoava uma espécie de boneco de duas pernas, feito de argila. — Que é isso aí?

— Um senhor para os seres e as coisas. Já é tempo de lhes dar governo e ordem.

— Um ser, para governar os outros seres?

O Senhor ignorou o despeito contido na voz do Outro e concordou:

— Tu o dizes.

— Será com esse corpo liso?

— Como vês.

— O que o protegerá do frio?

— Ele se arrumará.

— Hum! — fungou o Malévolo, meio descrente. — Aqui estão os pés. Dos lados, que lhe puseste?

— As mãos. Com elas trabalhará.

— Não deixa de ser uma criatura muito esquisita. Andará com dois pés, assim comprida, como é? Não terá equilíbrio.

— Aprenderá. Dou-lhe a vida com a capacidade de aprender, de pensar, de querer.

— Muita coisa para uma criatura só. Será quase como nós. Lembras-Te do que aconteceu comigo?

— Lembro-me — disse o Senhor, pensativo. — Mas confio na minha criatura.

Acabou de modelar o barro. Fez o corte dos lábios, arrumou o sorriso; abriu-lhe os olhos, na parte de cima do rosto, os dois de frente, como os dos gatos; anelou-lhe a cabeleira. No nariz reto e delicado, soprou a vida. E, da argila, surgiu o Homem, ainda puro e ainda sem nenhum pensamento. Os olhos se abriam maravilhados, e à boca aflorava, constante, o riso.

— Importa-Te que eu também faça um?

— Faze. Sempre te deixei livre para realizares tudo o quanto quiseres.

O Sinuoso tomou do barro e moldou-o quase como o outro boneco. Fez-lhe os lábios mais finos e a testa mais estreita.

— O Teu calunga trabalhará com as mãos. O meu terá o dobro. Andará ereto ou de quatro, como lhe apeteça. Aumento-lhe o equilíbrio, colocando-lhe uma cauda. Que há com a Tua criatura? Que lhe aconteceu?

— Chora — disse o Senhor, olhando na direção do Homem, que se afastava.

— Por quê?

— Porque sofre.

— Ensinaste-lhe o pranto e o sofrimento?

— Não percebes?

— Para quê? O meu não saberá chorar. Poderá rir e até mesmo gargalhar. Também não lhe darei pensamento.

— Que lhe darás?

— Exuberância. Alegria. Agora, cubro-o de pelos. Não sentirá frio. Bastante pelo sedoso, no corpo todo. Vigor. Agilidade. Bom apetite. Despreocupação. Vai, obra minha, e vive a tua vida!

O macaco lhe saltou das mãos e subiu para as árvores, onde ficou dando cabriolas e fazendo gatimonhas.

O lagarto intrometido

Foi no comecinho do mundo. Ainda se empilhavam para um lado as plantas, para outro as estrelas, numa primeira tentativa de classificação. O Senhor passeava nos jardins e cofiava a comprida barba branca, antes de iniciar o exaustivo trabalho do dia. Os bichos se agitavam baralhados, numa confusão medonha. O tigre rugia no reduto das ovelhas; os cordeirinhos recém-nascidos baliam, achegando-se confiantemente ao leão e à pantera. Não tinham ainda aprendido o que era a crueldade e o que era o medo. Animais de todas as cores e feitios, juntos. Tudo aquilo, para separar por espécies e famílias: aves pernaltas nas várzeas, as de rapina nas altas montanhas, os palmípedes nas lagoas, os leões nos desertos da África, os ursos nas florestas, os pinguins na neve, as baleias nos mares. O beija-flor junto às corolas macias, de muitas cores. O pelicano junto ao peixe do rio. A gazela, de pernas rápidas, para correr das feras carniceiras. A girafa, de comprido pescoço, para comer o brotinho mais tenro no cimo das árvores. Ainda havia que determinar os carnívoros e os herbívoros. O enorme elefante de boa paz, a pequena cobra de presas perigosas. Tanta coisa!

O Senhor suspirou, e a aragem passou pelas trêmulas folhas. Daí, principiou a longa tarefa. Lobo para cá, carneirinho para lá. Camelo para cá, hiena para lá. Depois, começou a separar os bichos de pelo dos bichos de pena. Os de quatro pés, dos que tinham dois pés. Os de escama, dos pelados. Os mochos, dos chifrudos. Os de sangue quente e os de sangue frio. Os que eram carne e os que eram peixes.

— Pra cá, tudo que é carne.

A longa procissão dos animais que seriam de corte se deslocou para a esquerda. Foram os grandes bois mugidores; os búfalos escuros; a caça de boa carne, anta, capivara, veado, javali; as irarinhas papa-mel; os alces de galhadas cheias de pontas; o porco, fuçando, já, em busca de comida.

O Lagarto viu o movimento. Suas unhas compridas riscaram o chão, o rabo coleou, batendo o solo de um lado e de outro, e ele pulou para a esquerda, arregalando mais os olhos, esbugalhados por natureza.

— Eu quero ser carne! — gritou.

— Pois seja! — disse o Senhor.

E sua mão poderosa, com um gesto, endossou a decisão do intrometido réptil.

COSMOGONIA AFRO-BRASILEIRA

Foi. O Lagarto começou a ondular numa sapequice sem igual entre os animais de músculos vermelhos e sangue quente.

Então, o Senhor quis povoar os rios e os mares.

— Para a direita, tudo quanto for peixe.

Logo, para as águas, puseram-se a saltar os peixinhos de escamas de prata, lambaris de rabo vermelho, saguirus de couro amarelo-azulado, traíras, jaús, pintados, mandis. Incluídos entre os peixes, foram outros animais de carne branca e de sangue frio: cobras e tartarugas, jacarés-de-papo-amarelo, a rã e a pererega.

O Lagarto tornou a esbugalhar os olhos, por si saltados, e gritou:

— Eu quero ser peixe!

E pulou na água.

O Senhor não ratificou com o gesto, dessa vez, o intrometido do Lagarto. Deixou-o ir.

Por isso — dizem — o lagarto, que queria ser muita coisa, não é carne, nem é peixe.

TRÊS CONTOS DE EXEMPLO

(Maka)

O enforcado

Era uma vez um homem que veio de longe, apoiado a um bordão, como um peregrino, e que, como um peregrino, trazia sandálias de couro e roupas em farrapos. Andou dias e dias, noites e noites, semanas e meses a fio, buscando sabe Deus o quê.

Certa vez, as sombras da noite o alcançaram em pleno descampado, e ele não saberia dizer se estava longe ou perto de uma cidade, porque uma alta montanha em frente fechava o horizonte. E então, cansado de andar, vendo uma árvore copada, no campo, resolveu nela passar a noite. Descalçou as sandálias, subiu agilmente pelo tronco, acomodou-se entre os galhos e adormeceu, como as aves.

Em torno, era tudo silêncio. Pouco a pouco, os animais noturnos, silenciosos, saíram de suas tocas e iniciaram a caça pelos arredores.

Era tarde já, quando o homem acordou com um rumor de vozes. Depois, ouviu um longo canto, e, erguendo a cabeça, que tinha apoiado na forquilha formada por dois galhos, viu ao longe pequeninas luzes que ondulavam com o vento, endireitavam-se, iam de um para outro lado, mas que caminhavam, evidentemente, para o lado onde ele estava.

Que será?, pensou, com um arrepio na espinha.

Ao aproximarem-se, reparou que eram homens vestidos com longas camisolas brancas e que levavam velas acesas. Na frente caminhava um padre, com uma cruz nas mãos.

O homem empoleirado esfriou.

Será procissão das almas?, pensava, batendo os dentes de medo. Decidiu permanecer imóvel, para que não percebessem que ele estava ali.

Qual não foi, porém, o seu espanto e o seu susto, quando os homens pararam justamente sob a árvore onde ele estava e um deles falou:

— Qual de nós vai subir na árvore, para trazer o homem?

Viu que eles se entreolhavam e que nenhum parecia disposto; no entanto, acabariam por se decidir.

E mal pôde falar, de tanto que tremia:

— Ninguém precisa subir. Eu desço.

Nem podia acreditar no que viu em seguida, tão esquisito lhe pareceu tudo aquilo. Assim que lhe ouviram a voz, os homens largaram as velas, o padre jogou a cruz para um lado, e saíram todos correndo, como se tivessem visto,

• TRÊS CONTOS DE EXEMPLO •

naquele momento, Satanás em pessoa e, atrás dele, um milhão de demônios.

— Santo Deus! — gemeu o homem, benzendo-se.

Pulou da árvore e saiu correndo também, mas em direção oposta à dos outros.

Assim que o dia clareou, o peregrino voltou ressabiado, curioso para ver se descobria o que havia acontecido naquele malfadado lugar.

— Eu com medo deles, e eles com medo de mim: essa é boa! — resmungava intrigado.

Foi direto à árvore e correu-lhe um frio pela espinha. Lá estava, balouçando no ar, um homem enforcado.

Então, compreendeu tudo. Os que iam retirar o enforcado, para enterrá-lo em algum cemitério, pensaram que fora o morto quem respondera que ia descer.

Mais tarde, quando o peregrino chegou à cidade, havia lá uma grande agitação. Faziam-se grupinhos em todas as esquinas, nas praças, diante da casa do padre.

Ele parou por ali, para ouvir as conversas. Diziam que um enforcado respondia ao que lhe perguntavam.

— Vai-se ver é alguém que morreu inocente — opinavam.

— É capaz.

— Que aconteceu? — perguntou o peregrino, acercando-se.

— Pois foi um criminoso enforcado, fora da cidade, num angico que há no meio de um campo, e, ontem à noite, seu padre e os homens das irmandades religiosas foram buscá-lo, para fazer o enterro dele, que é falta de caridade deixar um corpo pendurado para os urubus comerem. Pois não é que, na hora de irem buscar o corpo, quando confabulavam, para ver quem ia subir, o defunto falou, lá em cima, que não precisava ninguém subir não, que ele descia!

O peregrino nada disse.

Em suas andanças pelo mundo, havia aprendido que, às vezes, é de boa política ocultar a verdade.

Atravessou a cidade em silêncio, em silêncio se foi, e nunca souberam os habitantes do lugar o que havia realmente acontecido.

Quem te matou?

Um homem, certo dia, saiu da cidade, andando a pé, e, junto a uma porteira, longe de habitações, deu com uma caveira feia, como só podem ser a morte e o pecado.

Levianamente, deu-lhe um pontapé e caçoou:

— Quem te matou, caveira?

Mas qual não foi seu espanto quando, com um estalar dos ossos muito brancos, lavados de chuva e estorricados ao sol, a caveira respondeu:

— Foi a língua.

O pavor o sacudiu com ímpeto. Saiu por ali afora numa doida carreira, e, dentro de pouco tempo, estava novamente na cidade. Na sua excitação, contou a toda gente o que lhe acontecera.

— Não pode ser — falavam.

— Foi. Juro. Eu vi. E ouvi. Junto a uma porteira.

— Uma caveira falando? Alucinação, meu amigo.

— Verdade.

Alguns acreditavam, outros não. A maioria, não. Mas a notícia correu a cidade, cercou-a, voou até o palácio do rei.

O rei mandou chamar o moço.

— Que história é essa?

O moço contou tudo, ainda se arrepiando ao se lembrar do susto.

— Ela respondeu, juro, Majestade.

O rei se desencostou do trono e, com um dedo em riste, sacudindo-o diante do nariz do moço, falou:

— Vou lá ver isso. Sou curioso. Mas veja lá, se for mentira sua, e você me fizer bancar o bobo, eu te mando pendurar na primeira árvore que encontrarmos.

— Foi verdade, Majestade — murmurou o moço.

Aprestaram, então, um grande cortejo. Ia adiante o rei, no seu cavalo branco, ricamente ajaezado, com aperos de ouro e prata. E depois os nobres, suntuosamente vestidos. E os soldados. Tudo aquilo fulgia ao sol. Bem adiante, caminhava o moço, a pé, com as mãos amarradas. Tudo estacou junto à porteira. Parecia uma festa. Os que riam e caçoavam calaram-se ao ver a caveira, tão maligna parecia. Trêmulo, o moço perguntou:

— Quem te matou, caveira?

A caveira, quieta estava e quieta ficou.

O moço pensou que talvez tivesse falado muito baixo. Em voz mais alta, mas insegura, interpelou novamente:

— Quem te matou, caveira?

E a caveira, quieta.

— Quem te matou, caveira? — gritava agora, com os olhos esbugalhados, saltadas as veias do pescoço, e um pavor infinito apertando-lhe o coração.

— Quem te matou, caveira? Quem te matou, caveira?

E a caveira, muito branca, luzindo ao sol, em silêncio. O moço perdeu a cabeça, começou a dar-lhe pontapés. O golpe soava cavo. E ele ia atrás dela novamente, de um para outro lado, suando, rugindo:

— Quem te matou, caveira?

Apanharam-no, veio o carrasco no seu camisolão vermelho, fez o nó corrediço com dedos ágeis, e o moço ficou enforcado numa árvore à beira do caminho, enquanto a comitiva voltava, aparatosa, mas sem animação, para a cidade.

Ficou tudo em silêncio no campo. Não passava viva alma. Decorreram as horas quentes do dia, anoiteceu. Quando se adensaram as primeiras sombras, aconteceu uma coisa extraordinária. A caveira, que não parecia dotada de movimento, rolou um pouco sobre si mesma, e veio, aos pulos. Pulou, até chegar sob a árvore onde estava o enforcado. E ali, com o feio buraco das órbitas vazias virado para cima, perguntou:

— Eu não falei que quem te matou foi a língua?

Nos "Contos Populares de Angola", Héli Chatelain reconta a mesma história, passo por passo, sendo a fala do moço para a caveira a seguinte:

"A estupidez é que te causou a morte."

Mal o moço morreu, enforcado pelo povo da aldeia, indignado com o que julgou ser uma deslavada mentira, a caveira, triunfante, falou:

"A estupidez fez-me morrer e a estupidez matou-te."

O povo compreendeu a injustiça cometida, e finaliza-se assim o conto: "Espertos e estúpidos são todos iguais". O que não é, evidentemente, a mensagem do conto brasileiro.

Aqui nós temos a falha do herói, que é a leviandade, a língua comprida, levando-o à morte, e levando nós, leitores ou ouvintes, à conclusão de que o silêncio é de ouro.

Veja-se o Motivo 356, de Aarne-Thompson ("Types of Folktales", Contos mágicos, Adversários sobrenaturais), chamado **The man from the gallows**, para comparação.

O diabo advogado

O homem veio pela estrada afora, arrastando os pés inchados da longa caminhada. O sol, pendurado num céu de fogo, esturricava tudo. O andante parou junto de um riacho, bebeu, lavou o rosto. Há muito não comia, e, satisfeita a sede, a fome deu de aparecer, e foi crescendo, até que ele ficou varado, tonto, com o estômago grudado nas costas. Não achou alimento, nada de frutas, nem de verduras, nem de raízes, nem de animaizinhos que pudesse pegar com as mãos, nada, nem grão, casa nenhuma onde pudesse bater. Até que deparou com uma hospedaria à beira da estrada, onde homens entravam a todo momento, conduzindo burros pela arreata, para a estrebaria. Ali, ele pediu à dona da casa que lhe arranjasse qualquer coisa para comer.

— Tem dinheiro?

— Não, senhora.

— Aqui não se dá esmola, moço!

— Não quero esmola. Vou indo pelo mundo e, quando voltar, passo por aqui e pago a conta.

— Já passou a hora do jantar.

— Qualquer coisa. Pão e carne.

— Não sobrou.

— Feijão com farinha. Com angu. Sopa.

— Não.

— Se a senhora estrelar três ovos e os servir com pão, dá para eu chegar ao meu destino.

— O senhor volta mesmo, para pagar?

— Como não, dona?

Então, ela fritou os três ovos, colocou na mesa, com um grande pão fresco. Ele comeu tudo e foi embora.

Muito tempo depois, a mulher estava à porta da velha hospedaria, quando chegou uma caravana de muitos burros carregados, tropeiros tocando a tropa e, atrás, o dono, bem vestido e bem montado, num cavalão lobuno, com arreios de prata. Ele apeou com uma borjaca na mão e foi se apresentando:

— Eu sou aquele homem que, faz dez anos, comeu três ovos. A senhora fiou, para eu pagar quando tivesse dinheiro. Agora eu tenho. A senhora cobra um pouco mais pelo tempo que passou, e eu liquido a minha continha.

A mulher acendeu os olhos, de cobiça, olhando os jacás pejados de mercadoria; os empregados, muitos; o brilho da sela; a roupa boa; a borjaca estufada de dinheiro.

TRÊS CONTOS DE EXEMPLO

— Continha?! — ela frisou, com o maior desprezo. — Vamos ver quanto dá.

— Vamos ver o quê?

— Sente-se aí e escute bem! Acompanhe as contas, pra não reclamar depois. O senhor chegou aqui, morto de fome, e comeu três ovos, não foi?

— Foi.

— E levou dez anos pra voltar, com parte de pagar uma continha!? Aqueles três ovos, se o senhor não tivesse comido, eu tinha deitado pra chocar. Eram de franga carijó de raça. Dali, iam nascer duas frangas e um frango em vinte e um dias. Depois de seis meses, as frangas começavam a botar. Em dois anos, eu teria um terreiro com centenas de galinhas de raça. Porque, aí, eu tinha seis vezes quatro: vinte e quatro, e vão dois; nove multiplicado por oito: setenta e dois; oito por cinco: quarenta; sete e seis: treze; e mais duas mil e quinhentas, e mais setecentas e vinte e duas, e mais trinta e quatro... hum... hum...

E depois de muito mastigar números, ela concluiu:

— ... e o senhor me deve 851.315.096.435.589 moedas de prata. É isso aí. Em dez anos, eu estava era podre de rica, se não tivesse bom coração e não fosse fritando meus ovos de raça pra qualquer esfomeado que aparecesse na minha porta.

— É? E por que a senhora não ficou rica com os outros ovos que tinha aqui?

— Porque de raça eram só aqueles.

— Mas se eu pagar tudo isso, não sobra um tostão pra mim, de tudo o que consegui com trabalho suado.

— Pois se não pagar, vou dar parte pro juiz. Não paga por bem, paga por mal.

— A senhora é avarenta, pão-duro, unha-de-fome!...

O homem saiu porta afora, danado da vida. E triste, porque ia voltar praquela vida de miséria de que tinha escapulido com tamanho esforço. Para arejar a cabeça e pensar direito no assunto, caminhou até a estrada e foi andando, andando, sem saber bem por onde passava. No escurecer, ele escutou um plequeté, plequeté, plequeté. Apareceu um homem todo de preto, muito bem vestido, de terno, de chapelão, de botas de cano alto, de relógio de ouro na algibeira, de dente de ouro, de trancelim no colete. Estava montado numa besta preta. E os arreios? E os estribos? Tudo prata, e reluzia. O forasteiro apeou, falou bastante, conversou sobre o tempo, contou casos, riu e, depois, reparando nas feições devastadas do outro, ponderou:

— A modo que o amigo não está muito contente...

O outro, então, despejou tudo.

— Ah! É isso? Deixe comigo, que eu dou um jeito. Assim, como me vê, eu sou advogado.

Os dois combinaram de se encontrar no tribunal, no dia que fosse marcado o julgamento, na hora certa. Como gato escaldado, que tem medo até de água fria, o homem dos ovos quis saber de antemão:

— Quanto eu vou pagar, para o senhor me defender?

— Nada. Não paga nada, não.

— Como é a sua graça?

— Belzebu da Silva.

E, antes que o cliente pudesse falar mais alguma coisa, um torvelinho de poeira consumiu o homem, besta e tudo, e a estrada ficou lisa e limpa, como tinha estado.

Pronto!, pensou o homem. *Agora é que eu estou mesmo encrencado. Abençoados ovos!*

Lembrou-se de coisas em que não tinha prestado atenção: o cavanhaque em ponta; as unhas compridas, como garras de gavião; o cheiro de enxofre, que o tal desprendia; o chapelão tão grande, que não podia parar na cabeça, se não fosse sustentado pelos chifres (ah! tinha que ter chifres!), e a forma das botas, arredondadas, que escondiam os pés de pato. E sumiu, de repente, feito mágica...

Muitas noites sem dormir o homem passou, pensando na besteira de levar o Diabo como advogado e em todos os prejuízos que o caso podia lhe trazer. A roda do tempo girando, chegou o dia em que ele teve que comparecer diante do juiz, para expor o caso. Pagar ou não pagar. Ter uma boa vida, merecida, ou voltar para as andanças de mascate. E aquele advogado...

A sala do tribunal estava cheia de gente. O juiz chegou, atendeu a uns e a outros. Chegou a vez do caso dos ovos. O homem contou o caso de novo, bordou, floreou, teve que chegar ao fim. O advogado não aparecia.

— E o seu advogado?

— Ficou de comparecer. Ele vem.

Esperou que mais esperou. O juiz foi ficando impaciente. O povo pegou a murmurejar. Tarde, já passada a hora do almoço, chegou o homem bem-posto, na besta preta dos aperos brilhantes. O juiz foi logo esculachando:

— Mas que negócio! Que falta de respeito! O senhor, sendo advogado, não sabe que tem que chegar pontualmente, no horário, numa sala de julgamento?

— O senhor me desculpe, seu juiz — disse ele. — Acontece que eu tive de cozinhar uma caldeirada de feijão, pra plantar.

— Pra fazer o quê?!

— Pra plantar...

— Plantar feijão cozido? Feijão cozido não nasce.

— Pensei que nascesse — respondeu o Diabo. — Senão, o que nós estamos fazendo aqui? Por que vamos discutir o preço de frangos não nascidos? De ovos fritos também não nascem pintos...

VOCABULÁRIO:

Borjaca: é a palavra encontrada no dicionário, com a significação de casaco de couro, e de saco de couro. O informante do conto recolhido lhe dá a acepção arcaica de saco de couro, preso a um cinto, destinado a conter dinheiro a ser levado em viagem.

Cavalão lobuno: cavalo cinzento, cor de lobo.

Praquela: contração de "para aquela".

• TRÊS CONTOS DE EXEMPLO •

Apesar da figura do Diabo, popularizada pelo cristianismo, apesar de alusão à hospedaria e a gente que vai a longes terras e volta rica — apesar disso tudo, a concepção afro de vida homologou este conto e o fez popular, entre populações negras do Brasil. Elsie Parsons recolheu um relato muito parecido entre portugueses do arquipélago de Cabo Verde, e é assim:

O Lobo ficou devendo uma dúzia de ovos fritos à dona de uma casa de pasto, e demorou doze anos para enricar, voltar e pagar. No dia do acerto de contas, a mulher cobrou-lhe 7.000 escudos. O Lobo saiu, encontrou o demônio, que foi ao tribunal para o defender. Ali, justificou a sua entrada tarde, informando que a criada estivera a cozinhar favas, para ele semear.

— Diga isso outra vez! — ordenou o juiz.

— Pois não. Vim tarde, porque a minha criada esteve a cozinhar favas para eu semear.

— Nunca ouvi dizer que favas cozidas nascem — retrucou o juiz.

— Eu também nunca tinha ouvido que ovos cozidos dão pintos.

Como elemento afro, temos aqui o Lobo, personagem não muito simpático e sempre enganado por um sobrinho, que é o esperto.

Elsie Parsons dá ainda uma variante de Cabo Verde:

Joãozinho levou a vaca para o curral do padrinho, o rei. O rei tinha um touro. Passados anos, foi Joãozinho ter com o rei, e pediu-lhe o seu gado. O rei disse: "Aí tens a vaca que te pertence". "Sim, senhor padrinho. Mas, e os filhos, os bezerros, que nasceram no correr desses anos?" O rei respondeu com a maior caradura: "São meus, porque o touro é meu". "Sim, padrinho." Joãozinho amarrou uma corda no pescoço da vaca e foi levando-a pra casa.

Na porta do palácio do rei, havia uma árvore muito bonita. O moço subiu por ela e começou a cortar-lhe os galhos. "O que estás a fazer em cima dessa árvore?" "Estou a cortar ramos, lenha de que preciso muito." "Pra quê?" "Pra cozinhar uma canja pro meu pai, que pariu um menino." "Burro!", gritou o rei. "Onde se viu um homem parir um menino?" "Já se viu, sim, senhor. Como seu touro pariu todas as reses que estão no seu cercado?"

Vem-nos da Tchecoslováquia um conto de Manka, a Esperta:

Como o proprietário de uma carroça, onde estava atrelada a égua de um vizinho, encontrou em certo momento um potrinho junto do veículo, pôs-se a disputá-lo, afirmando que o potrinho lhe pertencia, porque tinha nascido em suas terras, entre os varais de sua carroça. A história toda foi parar no tribunal, e o burgomestre estava muito inclinado a dar razão ao dono da carroça, quando Manka, a Esperta, aconselhou ao dono da égua: "Volta amanhã à tarde, com uma rede de pescar, e estende-a através da estrada empoeirada. Quando o burgomestre vir aquilo, sairá e perguntará o que estás fazendo. Dize-lhe que está pescando. Quando ele te-perguntar como é possível esperar peixes numa estrada de terra, dize-lhe que é tão fácil para ti pescares numa estrada de terra como para uma carroça dar cria a um potro. Aí, ele verá a injustiça de sua decisão".

No conto afro-brasileiro, converge um motivo que podemos chamar de "castelo no ar": o sonho da taberneira, surgido da ideia de começar uma fortuna a partir de um negócio qualquer, sonho sempre frustrado por um acidentezinho corriqueiro. Assim são os Motivos "Clever Acts and Words", na classificação UT 920-929.

• TRÊS CONTOS DE EXEMPLO •

A farsa de Mofina Mendes, no auto de Gil Vicente, com a sua bilha de leite, é o sonho de vender o leite, com o produto da venda comprar uma dúzia de ovos, fazê-los chocar, e nascerão hipotéticos frangos, e serão trocados por hipotéticas ovelhas, e por aí além, até que um tropeção faz derramar ao mesmo tempo o leite e o sonho.

Mas vejam como tem viajado este velho conto:

Um saxão da Transilvânia, na Romênia, deu a um pope, a quem tinha albergado, dez ovos cozidos, como provisão para viagem. Este, não tendo dinheiro, não os pagou. Depois de alguns anos, o saxão arrasta o pope aos tribunais, alegando que: daqueles ovos teria obtido frangos, que por sua vez teriam posto ovos, e estes, chocados, formariam pintainhos, e assim por diante. E cobrava uma quantia tão exorbitante, que teria levado à miséria e à cadeia o pope imprevidente. No tribunal, defendendo o culpado, apareceu um cigano, muito depois do início da sessão, escusando-se do atraso, com grande caradurismo:

— Excelência — disse ele ao juiz. — Atrasei-me, porque estava ocupado ferventando grãos de trigo, para em seguida os semear.

O juiz, espantado, interrogou-o:

— Como se poderá obter planta viva de grãos fervidos?

A que o cigano respondeu em tom de mofa:

— Exatamente como os frangos aqui deste litígio nasceram de ovos cozidos.

OS ANIMAIS NA MITOLOGIA AFRO-BRASILEIRA

(Mi-Soso)

O Pinto Sura

Pinto Sura apanhava muito no terreiro, e piava todo dia que era um dó. Um dia, ciscando num montão de lixo, encontrou um papelzinho branco e, na sua ignorância, pensou que fosse uma carta.

— Vou levar esta carta ao Senhor Rei — disse ele à galinha. — Vou pedir justiça. Não aguento mais a judiação que me fazem.

— Vai — disse a mãe.

Amarrou um saco de milho na asinha do pinto e disse: "Deus te abençoe". E Pinto Sura partiu muito alegrinho, pulando pela estrada. Já tinha andado muito, quando encontrou o rio.

— Onde vai você? — perguntou o rio.

— Levar uma carta para o rei — disse o Pinto Sura. — Quer ir comigo?

— Quero.

— Então se enrole bem e entre aí no saco, mas não molhe o milho, que eu não gosto de comer milho molhado.

O rio se enrolou bem, ficou um novelinho de água, e entrou no saco. Mais adiante, Pinto Sura encontrou um cachorrão.

— Onde vai, Pinto Sura?

— Vou pedir justiça ao Senhor Rei. Ando enjoado de ser armazém de pancada lá no galinheiro onde moro.

— Posso ir com você?

— Pode. Entre aí no saco, mas não brigue com o rio, nem coma o meu milho.

— Disso não há perigo. Não gosto de milho.

Foram.

— Onde vai, Pinto Sura? — perguntou o espinheiro.

— Levar uma carta para o rei, nosso senhor. Não aguento mais a judiação do meu povo.

— Você me leva?

— Entre aí no saco, e vamos. Não brigue com o rio, nem com o cachorro.

O espinheiro se encolheu, até que virou uma bolinha de espinho do tamanho de uma pitanga, e se acomodou no fundo do saco.

Chegaram ao palácio real. Pinto Sura ergueu bem a cabeça, estufou o papinho e falou, importante:

— Tenho uma carta para entregar ao Senhor Rei.

OS ANIMAIS NA MITOLOGIA AFRO-BRASILEIRA

Falou com tamanha empáfia que a sentinela se esqueceu de lhe barrar o caminho.

Ele subiu as escadas, foi parar na sala do trono, viu um figurão coroado, de manto púrpura, e entregou-lhe o papelzinho achado no lixo.

O figurão, que era o rei, pegou o papel, virou-o e revirou-o, viu que nada mais havia nele além de sujeira, ficou com muita raiva do pinto e mandou que o agarrassem.

Pinto Sura foi atirado num galinheiro, onde os seus tormentos eram cem vezes maiores do que no lugar de onde viera. Beliscavam-no as galinhas, dava-lhe esporadas o galo, e ele, fugindo daqui e dali, de asas abertas, piando desesperado, não sabia mais o que fazer. Matariam-no, estava certo disso. Foi então que se lembrou do cachorrão. Enfiou a mão no saquinho de milho, tirou o valente companheiro de lá de dentro, soltou-o no meio da galinhada e ficou de lado, vendo os estragos. E foi um valente estrago. Não ficou galinha ilesa. O galo, que resistiu, foi morto. Em três tempos, o galinheiro era como um campo de batalha. Pinto Sura, com tudo aquilo, viu logo que não poderia ficar mais ali. Agarrou o saquinho de milho com o rio e o espinheiro dentro e deu o fora.

Correu bem, pois que tinha medo de que o agarrassem, e, dessa vez, seria morte certa. A noite inteira caminhou sem parar. Porém, suas curtas perninhas não fazia com que progredisse grande coisa. Pela manhã, quando o cozinheiro do rei foi escolher os frangos para o almoço real, deparou com a chacina. Correu ao seu senhor, dando-lhe conta dos sucessos.

— Foi aquele pinto falante — esbravejou o rei. — Corram atrás dele.

Correram, e procuraram, e ninguém achou o danado pintinho.

— Mandem já o meu exército, com todas as armas. Quero esse pinto aqui, vivo ou morto.

Aparelharam o exército, e milhares e milhares de homens foram atrás do Pinto Sura.

Ele andava e eles andavam. Não se atrevia o pintinho a se esconder entre as moitas, com medo de ser pisado. Assim, procurava, na fuga e na corrida, a salvação. O Pinto Sura olhou para trás, estava aquela multidão na sua cola.

Alcança, não alcança, o exército em grande tropel, os homens de armas desembainhadas, quando ouviu uma voz:

— Me solta.

— Eu não prendi ninguém — disse ele, sempre correndo.

— Não estou preso. Estou aqui no saco. Pega a bolinha d'água e joga para trás.

O Pinto Sura, imediatamente, atirou o rio para trás, quase em cima dos seus perseguidores. O rio se desenrolou, espraiou-se, e foi uma imensidão de água por cima da soldadesca. Muitos morreram afogados, outros conseguiram alcançar a nado uma das margens. Em seguida, perderam um tempo enorme fazendo pontes de madeira e balsas. Até que conseguiram o jeito de atravessar a grande massa d'água, o pinto já ia longe.

No entanto, por muito que corresse, os soldados com suas longas pernas já estavam quase a alcançá-lo novamente.

Então sentiu embaixo da asa um cutucão.

— Que é isso? — reclamou. — Eu carrego vocês comigo para verem o rei, e vocês me beliscam!

— Sou eu, Pinto Sura.

— Eu, quem?

— O espinheiro. Pega a bolinha de espinho e joga para trás.

— Boa ideia! — aprovou Pinto Sura, dando risada.

Pegou na bolinha, formou-se um espinheiro trançado, embaraçado; os espinhos entrando uns pelos outros, de tal maneira que os soldados não podiam atravessá-lo. Pior ainda: os que tinham sido alcançados pelo endiabrado espinheiro não podiam sair dele. Os outros procuravam, com facões de mato, ir desenliçando os enredados.

Assim, o Pinto Sura alcançou o refúgio seguro do seu galinheiro. Entrou por um buraco, um pouco dificultosamente. "Esse buraco encolheu", pensou ele. Ia para o seu canto, sorrateiro, quando foi surpreendido pela galinhada. Elas o cercaram, cacarejando alegremente, e riam muito felizes, nenhuma se lembrava de bicá-lo, e ele não viu o galo.

— Parece-me que isto aqui está melhor para mim — arriscou.

— Está — disseram elas em coro. — Você agora é o dono do galinheiro. O galo velho foi para a panela, e agora você é o galo.

— Eu?

Só então lembrou-se de olhar para si mesmo. A penugem de pintinho tinha se resolvido em bela plumagem vermelha. Estava de barbela. O esporão apontava. Desejou ver-se no espelho de alguma lagoa, para verificar se tinha também uma crista condizente. De qualquer modo, metamorfoseara-se num galarote muito formoso, pois sua viagem durara quase um ano, e ele crescera.

Certo de que era o rei do pequeno mundo, estufou bem o papo, sacudiu a barbela, subiu numa cadeira de lenha e cantou com toda a força, deixando estupefatas as galinhas:

— Cococoricóóóóóóó! Quem manda aqui? Galo Sura sóóóóó!

Um motivo da tradicional história de Branca-Flor* se repete, integrado ao conto Pinto Sura, cuja hipótese de origem africana é reforçada pela coleta feita em zona de antigas plantações

* Branca-Flor é personagem de romance medieval popularizado na França, em meados de 1160, com o nome de *Le conte de Floire et Blanchefleur*, atribuído a Robert d'Orbigny, mas com versões em vários países da Europa.

OS ANIMAIS NA MITOLOGIA AFRO-BRASILEIRA

algodoeiras e cafeeiras, e onde a predominância é de negros, cafusos e pardos: o Vale do Paraíba.

— Papai vem aí — avisa Branca-Flor, atirando para trás um punhado de cinzas. As cinzas se transformaram em espesso nevoeiro. Não se enxergava nada. O Diabo, pai da moça, andou por ali, pererecando, até que conseguiu passar. Quando estava pertinho outra vez, o moço atirou o sabão. Formou-se um atoleiro de tijuco preto, tão grudento, que o Diabo suou para escapar. Quando se arrancou dali, e tocou o cavalo outra vez, para cima dos fujões, o moço jogou as agulhas. Formou-se um espinheiro de tal maneira cerrado que o Diabo não teve remédio senão voltar.

Uma versão da África do Norte, publicada por M. Desparment, *Revue des Traditions Populaires*, XXVIII, 1913, páginas 29 e seguintes*, e por Gédéon Huet, *Le Contes Populaires*, I, 18 e seguintes**, tem as provas mágicas realizadas pela feiticeira, Branca--Flor ou outra, mas não tem os obstáculos mágicos. Em linhas gerais, é o seguinte:

Um homem perdeu a alma no jogo e foi buscá-la em casa do Marquês Del Sol. Tal como na história da Branca-Flor, essa tem o episódio do cuspo, que responde pelo ausente. Os fugitivos atiram coisas para trás, para atrasar ou afastar os perseguidores.

---

* DESPARMENT, M. *Revue des Traditions Populaires*, XXVIII, 1913, páginas 29 e seguintes. Material disponível na internet, neste endereço: <https://gallica.bnf.fr/ark:/12148/bpt6k5833012w?rk=42918;4>. Acesso em 22 de janeiro de 2020.

** HUET. Gédéon. *Les contes populaires*. Bibliothèque de Culture Générale. Paris: Ernest Flammarion, 1923.

Há uma curiosa semelhança entre uma parte da história de Branca-Flor e o mito da origem do fogo entre os Nootka, tribo indígena da região de Vancouver, no Canadá, citada por Frazer*:

O gamo tinha roubado o fogo dos lobos. Estes o perseguiram. Quando estava quase sendo alcançado, tomou uma pedrinha e lançou-a para trás. Ela se transformou numa alta montanha, que retardou os lobos. Ele correu um largo trecho. Quando os lobos se aproximaram novamente, jogou um pente para trás, o pente se transformou em um mato espinhento, e os lobos foram retidos do outro lado. O gamo pôde, assim, tomar uma grande dianteira. Os lobos conseguiram abrir caminho através do espinheiro e perseguiram o gamo novamente. Quando se aproximaram, o gamo despejou no chão óleo para os cabelos. Subitamente, um grande lago surgiu entre os perseguidores e ele.

---

* FRAZER James George. *Mythes sur l'origine du feu*. Paris: Éditions Payot, 1931. Também disponível na internet, neste endereço : <http://classiques.uqac.ca/classiques/frazer_james/mythes_origine_du_feu/mythes_origine_feu.pdf>. Acesso em 22 de janeiro de 2020.

A casa do coelho

Diz-se que o coelho, certa vez, entendeu de fazer uma casa e não tinha dinheiro.

— Não tem nada, não.

Correu à casa do galo.

— Compadre Galo, empreste-me um pouco de dinheiro, para fazer minha casinha. Sábado, sem falta, ao meio-dia, o senhor vai lá a minha casa, que eu pago.

Correu à casa da raposa.

— Comadre Raposa, estou precisando urgentemente de dinheiro. A senhora me empresta algum, que no sábado sem falta eu pago. É só a senhora ir lá, à uma hora da tarde. Antes não, comadre, pois eu ainda tenho que terminar um servicinho para entregar.

Correu à casa do cachorro.

— Compadre Cachorro...

Rezou a ladainha para ele e marcou o recebimento para as duas horas. Marcou com a onça para as três horas e com o bicho-homem às quatro.

Feito isso, comprou o material e passou a semana inteira aparelhando pau e carreando areia e terra ocre, para fazer a casinha. Sábado, ao meio-dia em ponto, bateram na porta: era o galo, que não perde hora. O reloginho dele funciona bem.

— Entre, compadre Galo, entre — convidou o coelho, afobado e sorridente. — Aprontei um café com quitanda para nós. Entre para cá.

Entrou o galo e, conversa vai, conversa vem, passava o tempo e nada de o compadre Coelho falar em pagar.

— Mas, então, compadre Coelho, a nossa continha... — começava o galo.

E o coelho, depressa:

— É pra já o nosso acerto, compadre, é pra já! — E começava a contar outro caso.

E foi indo, até baterem na porta.

O coelho foi atender, e voltou de olho arregalado.

— É a comadre Raposa, compadre.

O galo, todo trêmulo, pediu:

— Compadre do céu, me esconda!

O coelho levantou um pilão que tinha num canto, e lá escondeu o infeliz.

— Entre, comadre Raposa — dizia já muito jovial. — Vá entrando. Fiz um cafezinho com quitanda para nós.

A raposa bebeu e falou:

— Café gostoso.

— E não é? Isso mesmo dizia o compadre Galo ainda agorinha.

— O galo está aí?

— Não, comadre, já foi.

E apontava uma orelha do lado do pilão.

— Já foi, mesmo?

— Agora mesmo, comadre.

E apontava com a pata do lado do pilão.

A raposa foi lá, ergueu o pilão, fisgou o galo por uma perna e passou-o para o bucho.

Ainda estava lambendo os bigodes, quando bateram.

— Quem é?

— Comadre, trate de se esconder, que é o compadre Cachorro.

— Que é que eu faço? Dê um jeito, compadre Coelho.

O danado a levou para a despensa. E ali a deixou, indo atender ao cachorro.

— Entre, compadre, vá entrando. Venha tomar um café com a gente. A comadre Raposa disse que está...

— A raposa está aí?

— Esteve — disse o coelho, e, disfarçadamente, apontava a porta da despensa. O cachorro foi lá, estraçalhou a raposa e voltou, limpando as patas e a boca no lenço.

— Agora, comadre, vamos conversar a respeito da nossa continha...

Ainda não tinha acabado de falar, bateram, e o coelho espiou pela janela.

— É a comadre Onça.

— Então me esconda, depressa, compadre.

O coelho levou o cachorro e o enfiou embaixo do jirau.

— Entre, comadre Onça — convidou muito gentil. — Venha tomar um cafezinho coado na hora. Com um biscoito. Compadre Cachorro agora mesmo me dizia que...

— O cachorro está aí?

— Não faz tempo nenhum que foi embora.

E, com os olhos, o malvado mostrava o lugar embaixo do jirau. A onça foi lá e foi só um tapa. Era uma vez um cachorro. Voltou, para tomar café, abancou-se à mesa, e, toda refestelada, pôs-se a conversar com o coelho. Nisto bateram. O coelho foi espiar.

— É o bicho-homem — avisou.

A onça, mais que depressa, se escondeu atrás de uma canastra.

— Boa tarde, compadre Homem — estava o coelho dizendo. — Venha tomar um café, e já acertamos aquela nossa continha. Paguei à comadre Onça agora mesmo.

— A onça está aí?

— Não está mais. Foi embora depressa, pois ainda tinha que caçar.

Enquanto falava, sacudia o rabinho na direção da canastra. O homem compreendeu, armou a espingarda, chegou mais perto e trovejou dois tiros em cima da onça.

— Essa danada! Eu estava precisando acabar com ela. Vou-me embora, compadre, não precisa me pagar.

Foi saindo, e o coelho, dessa maneira, acabou não pagando a ninguém.

VOCABULÁRIO:

Ocre (ou ocra): terra argilosa, avermelhada, cuja coloração é devida ao óxido de ferro. Vem do grego *okra* (amarelo), mas são chamadas ocre, da mesma forma, terras das mais variadas cores: esverdeada, azulada, lilás, vermelha, cinzenta.

Jirau: armação de madeira, de mais ou menos 80 cm de altura, erguida fora da casa, onde se pendura roupa, para corar, ou louça, para secar.

Um amigo contava que tinha colocado no seu almanaque uma história de coelho. Que história? Uma qualquer. Como todas as histórias desse bicho danado: só malandragens e maroteiras.

Eis aí um retrato de corpo inteiro do coelho, o animal do fabulário, quer europeu, quer africano: atrevido, irresponsável, trapaceiro, mas fino como ele só.

Na história da casa do Coelho, aparece, uma vez mais, a visão de mundo do negro: sua admiração pela inteligência e esperteza, e a crença arraigada de que vale muito mais a astúcia do que a força bruta.

Na classificação de Aarne-Thompson-Uther, pode-se verificar que o coelho europeu também é sempre finório e vencedor por meio de artimanhas. Confira-se o Motivo K1241, sobre a figura do trapaceiro esperto.

O coelho
e a onça

O coelho saiu da mata, por um dia de sol quente, e foi aos pulinhos por aí, até que chegou ao casario. Imaginava ser a maior cidade do mundo (em verdade, não passava de um povoado: uma rua comprida, mais larga, algumas ruazinhas transversais, casinhas brancas e jardins). Deparou com uma linda moça de longas tranças e logo ficou por demais enamorado.

— Você quer casar comigo? — foi logo perguntando; era muito estabanado, como todos os coelhos. Para se mostrar e fazer a sua fama, cada vez que conversava com a moça, com os cunhados, com os novos amigos, introduzia na prosa, como quem não quer, uns babados, dando a entender que era valoroso e capaz. Desta maneira, foi-se criando em torno dele uma expectativa; toda a gente à espera de que praticasse grandes feitos.

Vários meses depois, o coelho se deu conta de que tinha um rival perigoso. Era a Onça, uma onça-macho, macota, grandona, pixuna — cada manchona preta no pelo de cetim preto!

— Não é que esse cara está querendo roubar minha noiva? Essa não!

O coelho escarafunchou a cuca, para ver se dali saía uma ideia brilhante, alguma coisa para torná-lo famoso em valentias. Enfrentar a onça, brigar a murro, a unha, a dentada, nem pensar! Onça é onça. E coelho... Bem, não é nenhum mocinho de cinema, e, de coragem, não é lá essas coisas.

Ele começou a boquejar, por toda parte, que não tinha medo nenhum de onça, que ainda ia aparecer na cidade, montado no rival, com brida, espora, arreio e tudo.

— Onça, meu rival, não! Meu cavalo!

Estufou bem o peito e repetiu a bravata.

Foi uma risada universal. Duvidavam porque duvidavam que aquele porcaria de coelho fosse capaz de uma proeza dessas. A bicharada caçoava com vontade, e a fama dele, com isso, não melhorou em nada.

Pensou que mais pensou, foi para a beira do caminho, no domingo de dia, e ficou ali, jururu, esperando o rival sair da toca. Lá às tantas, a onça, que tinha caçado a noite toda, acordou, espreguiçou-se e caminhou para o povoado. Logo, deu com o coelho, acabrunhado, um lenço passado por baixo do focinho e dando uma laçada por cima da cabeça.

— Qué isso, meu compadre Coelho? Que foi que lhe deu?

— Uma dor de dente, meu vizinho, que estou em tempo de me acabar. Estou ficando louco...

— Já pôs remédio?

— Já. Já pus pimenta-do-reino, já pus leite de aloé...

— Amarrou um dente de alho na perna? Dizem que é bom.

— Já. Ai, vizinho! Ai, ai, ai, que eu não aguento mais...

— Não será bom arrancar esse dente?

— Eu estou indo pra cidade, mode procurar um entendido, mas não deu pra pegar o meu cavalo.

E a onça, desprevenida:

— Por isso, não, compadre! Suba aí no meu lombo. Eu sou grande, e você é uma isca.

O coelho se fez de rogado.

— Não, vizinho. Eu não sou capaz de um abuso desses.

— Ora, sai pra lá! Amigo é pressas coisas!

O coelho gemeu, gemeu, protestou que, se não fosse a dor de dente...

— Eu não ia mesmo lhe fazer isso...

E foi tratando de puxar a Onça para perto do barranco e ir subindo pelo lombo acima, Assim, lá se foram Onça e Coelho, num balango seguidinho, tão gostoso, *dig den dig den dig den*, que o coelho cochilou e sonhou que era verdade mesmo aquilo que estava acontecendo.

De repente, acordando, fez que estava escorregando pela anca da alimária abaixo e rogou:

— Vizinho, se não fosse pedir demais, eu estou escorregando, seu pelo é uma seda, é muito liso e fino, eu podia le pôr o freio?

A onça deu um bufo e um pinote e parou. O coelho estava tão humilde, com uma cara tão de mártir, que cedeu:

— Vá lá! Mas, quando for chegando no povo, tire isso, tá?

E lá se foram, no trote.

Mas adiante, o coelho tornou a pedir:

— Posso pôr o arreio para sentar?

A onça tornou a bufar e espinotear.

— Você não acha que está querendo demais?

— Estou tão mal! Ainda tenho que segurar o arreio com uma mão e o freio com a outra, não aguento...

Depois de grande discussão, pode, não pode, você pensa que eu sou cavalo, eu vou prestar um favor e é esse desrespeito, deixe disso, vizinho, eu não quero ofender, e vai e vem e o coelho, numa vozinha muito lamurienta:

— Deixe, vizinho, eu vou a pé. Você já me ajudou muito...

A onça, compadecida, concedeu:

— Vá lá, compadre! Assim, como assim, com arreio ou sem arreio é tudo a mesma coisa. Ponha a sela, que isso não vai me matar. Mas, antes de chegar à cidade, pelo amor de

Deus, tire esses mangalhos de cima de mim, que não quero servir de caçoada do bicharedo todo.

E lá se foram, *plequeté, plequeté*, até o início do povoado. Quando apareceram as primeiras casas, o Coelho, no repente, riscou a Onça de espora, com o que a bicha deu um prisco e foi corcoveando pela rua afora, sem conseguir derrubar o Coelho, grudado às suas costas, que nem carrapato.

E ele gritava assim:

— Venha ver, gente! Ói a Onça, meu cavalo!

Isso, inhante de dar um baita pulo pra baixo e sumir no mato, no fim do arruado.

VOCABULÁRIO:

Este conto, como foi contado em linguagem cheia de regionalismos, terá um vocabulário mais minucioso. Assim:

Uns babados: linguagem enfeitada.

Macota: palavra oriunda do quimbundo. Significa superior, grande, viçoso.

Pixuna: preta por demais.

Escaranfunchou: cutucou, remexeu.

Cuca: cabeça.

Boquejar: contar prosa.

Jururu: encolhido de frio ou medo.

Mode: com o fim de. É uma locução contrata de "pr'amor de...".

É uma isca: é muito pequeno.

Pressas coisas: pra essas coisas.

Le pôr: lhe pôr.

Mangalhos: objetos desimportantes, sucata.

Prisco: pulo pra cima, corcoveio.

Inhante: antes.

Baita: muito grande.

Arruado: povoado constante de casas dos dois lados da estrada, formando uma rua só.

〜〜〜〜〜〜〜〜〜〜〜〜〜〜〜

O conto "A Onça e o Coelho", do populário valeparaibano, isto é, Vale do Paraíba do Sul, entre São Paulo, Rio de Janeiro e Minas Gerais, é conhecido em todo o Brasil, embora os personagens mudem. Realmente, muda a comparsaria, mas as linhas essenciais da história continuam as mesmas, sobrevivendo à característica principal de a esperteza vencer sempre a força bruta: a Rã e o Elefante, em Luanda — coleta de Héli Chatelain; a Tartaruga e o Elefante, em Serra Leoa, entre os iorubas, recolhido por A. Ellis; o Coelho e o Tigre, em Costa Rica, coleta de Carmem Lira.

Deoscórides M. dos Santos, em *Contos de Nagô*, menciona uma variante. Sílvio Romero informa do Cágado e do Teiú, que contendem por causa da filha da Onça. Luís da Câmara Cascudo informa que conhece uma variante, cujos personagens são a Onça e o Macaco, a parte pior cabendo à Onça.

Rabbit Rides Fox A-courting é o Motivo 72 de Aarne-Thompson (antes da nova classificação proposta por Uther), coletado entre os negros americanos do Norte. Neste, o Coelho toma parte num cortejo, cavalgando a Raposa. Tema, aliás, explorado por Walt

OS ANIMAIS NA MITOLOGIA AFRO-BRASILEIRA

Disney num conto infantil corrente na região algodoeira do sul dos Estados Unidos (Alabama, Georgia e Carolinas do Sul e do Norte), levado ao cinema com o título *Song of the South — with Uncle Remus and his tales of Brer Rabbit*, com base nas histórias compiladas e adaptadas por Joel Chandler Harris, no livro de mesmo nome.

Testemunhando a origem africana desse conto, há uma extensa bibliografia de coleta, entre os negros da África e das Américas, da qual pequena parte foi citada acima. Por outro lado, é provável que tenha havido uma adaptação e uma africanização de temas universais, captados do mundo moçárabe, através da cultura muçulmana.

Da pesquisa feita por Elsie Wortington Parsons entre portugueses procedentes de Cabo Verde (emigrados para os Estados Unidos) constam diversos contos com este motivo: o bicho que faz o outro de montaria, acrescido do casamento e do desejo que o animal demonstra de fazer bonito diante da noiva. Apesar de que o lobo é animal que, amiúde, frequenta os contos africanos, esse pormenor não é conclusivo, na questão da origem dos contos. A colônia portuguesa poderia ter conservado as suas próprias tradições europeias, em Cabo Verde, ou na América, ou talvez tê-las, involuntariamente, contaminado com a vivência africana. Tudo é possível.

O conto que mais se aproxima do nosso é assim: o Lobo foi à vila, para arranjar casamento. O sobrinho do Lobo foi à vila, para conhecer a futura tia, e disse-lhe que o tio não era homem para ela. "Para te provar, virei à vila montado nele", propõe.

Outras histórias são mais complicadas, enriquecidas de outros temas em adição, sempre com estes personagens: o bobalhão do Lobo e o Sobrinho esperto.

Corre, pelo sertão afora, a história contada e recontada do homem que saiu procurando a mula sua, extraviada, e pensou que a encontrou, enfreou-a e voltou para casa. Levou muita pancada de galho e levou muito arranhão de espinho rasga-beiço, mas subjugou a bicha, "que tem essa mula hoje que de costume é tão mansa?", perguntava-se ele. Quebrou-lhe as forças com puxavantes e cabresto, murros na cabeça e pancadas nos queixos. Deixou o animal amarrado no curral, e só de manhã viu que tinha voltado para casa montado numa onça, por engano. Lá estão essas histórias nos livros de mentiras de Graciliano Ramos e de João Simões Lopes Neto.

Conta-se que, em noites de lua cheia, a onça deita no chão, com o focinho voltado para o astro dos namorados e chora. É ver uma criatura humana em transe de paixão. Ela se espoja na grama, ulula, mia, geme de amor recusado. A lua, no céu, impassível embrulha-se na neblina e nem se dá conta da criatura que, longe, sofre por ela.

Uma ocasião em Suzano, na grande São Paulo, aconteceu que uma onça fugiu de um circo. Nunca vi tamanho pavor numa população. Ninguém mais pôs os pés na rua, nem para comprar pão, com exceção dos moleques que não têm medo de nada. À tarde, apareceram não sei de onde uns cinquenta cavalarianos, o que alvoroçou a molecada. "É hoje, é hoje, gente! A soldadesca vai caçar a onça!" Guiados por alguns suzanenses mais corajosos, "ela foi vista aqui, foi ali — entrou na mata —, foi pra beira do rio — entrou no calipá"... Eles foram.

Eucaliptos de segundo corte, plantação fechada, lá era escuro, mesmo em dia de sol quente. Os bravos caçadores bazofiaram

OS ANIMAIS NA MITOLOGIA AFRO-BRASILEIRA

que iam trazer a bruta viva, peada das quatro patas. Entraram no "calipá", que tinha bem uns cem quilômetros de área plantada, e levaram exatamente cinco minutos marcados no relógio. Saíram muito lampeiros, a galope, agitando as armas. "Pode sossegar, gente boa. Lá não entrou onça nenhuma." E lá se foi a cavalaria. Missão cumprida.

Duas noites depois, o ônibus do Kodama quebrou, como de costume, e os estudantes e professores que moravam na comunidade Brasílio Machado Neto tiveram que pegar a estradinha de terra, no meio do mato, morro acima, a pé, não era noite de lua, mais de onze horas da noite, capim alto, muito cipó e arranha gato, invadindo o caminho, lá fomos nós. Não sei por que fui lembrar da onça. Bem no começo da subida, dei o brado dos valentes: "Pessoal, vamos correr!".

Foi a piada do ano. Em meio a muita gargalhada, daquelas que acabam em ai! ai! ai!, um estudante mais gaiato gritou: "Professora, a senhora acha que corre mais do que onça?".

Onça inspira muito terror. O matuto se vinga do felino, seu algoz, e também se vinga do próprio medo, contando histórias em que o inimigo leva a pior. É vingança, gente!

Macaco Serafim

Macaco Serafim era tão arteiro e tão danado, que a mamãe-macaca não aguentou mais. Fez um virado de feijão, pois não lhe sofria o coração que o filho fosse passar fome, andando pelo mundo, e disse:

— Suma daqui de casa, que pra mim chega. Vá cuidar de sua vida. Você é moço. Vá trabalhar.

— Mas, mamãe...

— Arranje-se.

Macaco Serafim, no começo muito triste, pegou o virado e saiu. Mas estava muito bonito o dia de sol quente, ele em liberdade, sem a constante vigilância da mãe, sem a obrigação de trabalhar, e deu de pular pelas árvores, contentíssimo da vida. O embrulho do virado o incomodou, e ele, zás, achatou o virado contra um muro por onde passava. Andou e andou, pulou bastante, brincou bastante e, lá pelas tantas, sentiu fome.

— E eu, que fui deixar o virado naquele muro.

Voltou.

No muro, havia somente a gordurosa mancha da comida. Virado não havia. Tinham-no comido as aves e os bichos.

— Muro, me dá meu virado — reclamou o macaco Serafim, com impertinência, e explicou: — Virado que minha mãe me deu.

— Ora, macaco. Vá amolar outro — disse o muro. — Ora, já se viu macaco mais petulante? Então, você joga o seu virado aqui, me suja todo, e, depois que os bichos e as aves já se banquetearam com ele, quer que eu o devolva. Ele foi dado para guardar? Me diga...

Mas de nada adiantou a fala do muro. Macaco Serafim tanto amolou, tanto amolou, que o aborrecido muro resolveu:

— Pegue esse pedaço de sabão que está aí e dê o fora, antes que eu perca a paciência.

Mais que depressa, o macaco pegou o pedaço de sabão e se foi. Mas podia ele comer sabão? Andou pelo mato, devorou bananas e jabuticabas, grumixamas e cabeludas, estufou bem a pança e prosseguiu a caminhada. Num vale muito verde, num tranquilo regato, viu uma lavadeira lavando roupa.

— Quer um pedaço de sabão, moça?

— Quero.

OS ANIMAIS NA MITOLOGIA AFRO-BRASILEIRA

E lá se foi o macaco aos pulos e aos guinchos. Ia longe, e pensou:

— Por que fui dar o sabão àquela moça? Bem que poderia trocá-lo por uma banana, e com isso consolaria o estômago. Já estou com fome outra vez, e aquela ladra gastando o meu sabão!

Voltou.

— Moça, me dá meu sabão, sabão que o muro me deu, muro comeu meu virado, virado que minha mãe me deu.

— Você é doido, macaco. O sabão você me deu porque quis, e eu já gastei.

— Sua ladra! — xingou o macaco. Passou pela roupa estendida, pegou um saco lavado e correu com ele para fora do alcance da lavadeira indignada.

Macaco Serafim andou, andou, e encontrou um padeiro.

— Quer este saco para você, padeiro?

— Fará um bom arranjo. Muito obrigado — disse o padeiro. E o macaco lá se foi de mãos abanando, muito satisfeito.

— Ora — disse ele mais adiante. — Por que não pedi um pão em troca do saco?

Voltou.

— Padeiro, me dá meu saco, saco que a lavadeira me deu, lavadeira gastou meu sabão, sabão que o muro me deu, muro comeu meu virado, virado que minha mãe me deu.

— Você não me deu o saco, macaco doido?

113

— Dei, não. Dei em troca de um pão.

— Não seja por isso. Pegue lá o pão, e suma, senão eu te escangalho de pauladas.

Macaco Serafim agarrou o pão e correu. Preparava-se para comê-lo, quando passou por uma escola, com uma porção de meninazinhas brincando de roda no recreio e cantando bonitas cançõezinhas. A professora, de um canto do pátio, observava as meninas, calada.

— Moça — chamou o macaco. — Tome um pão, para repartir entre as meninas.

— Muito obrigada, senhor Macaco.

Ele fez um cumprimento e se afastou.

Não tinha ido longe, quando se lembrou que dera o pão sem pedir nada em troca.

— Professora, me dê meu pão, pão que o padeiro me deu, padeiro estragou meu saco, saco que a lavadeira me deu, lavadeira gastou meu sabão, sabão que o muro me deu, muro comeu meu virado, virado que minha mãe me deu.

— Pão não há mais, macaco doido. Se quiseres levar uma menininha para brincar, eu te dou a mais sapeca.

Macaco Serafim ficou louco de tão alegre. Pegou a menina pela mão e foram os dois pulando, pulando, sem se cansar. Bem longe, encontraram um pobre cego, tateando com sua bengala, pela estrada.

— Onde está seu guia, meu velho?

— Não tenho.

Macaco Serafim, se tinha má cabeça, tinha bom coração.

— Leve esta menina. Será um bom guia.

O cego agradeceu e tornou a agradecer, muito feliz com o inesperado presente.

E o macaco Serafim foi embora, pulando.

— Ora — pensou ele dali a pouco. — Eu podia ter pedido dinheiro ao cego. Ou aquela viola. Bem que me agradaria uma viola.

Voltou.

— Cego, me dê a menina, menina que a professora me deu, professora comeu meu pão, pão que o padeiro me deu, padeiro estragou meu saco, saco que a lavadeira me deu, lavadeira gastou meu sabão, sabão que o muro me deu, muro comeu meu virado, virado que minha mãe me deu.

O cego começou a chorar.

— Não precisa chorar, pobre cego — gaguejava o macaco. — Fique com a menina. Para que quero eu uma menina? Só me dará trabalho. Sossegue. Não quero menina nenhuma.

Muito contente, o cego deu-lhe a viola.

Então, foi a vez do macaco delirar de contentamento. Correu com a viola, deu cabriolas pelo capim, saltos mortais, balançou-se pelas ramadas, ora seguro com uma das mãos, ora enroscando-se pelo rabo. Depois, menos excitado, escolheu um galho bem alto de um copado ingazeiro, ajeitou-se e começou a dedilhar a viola e cantar:

Do virado eu fiz um sabão

dim dim dão

do sabão eu fiz um saco

do saco eu fiz um pão

dim dim dão

do pão eu fiz uma menina

da menina eu fiz uma viola

ding ding ding

que eu vou pra Angola

ding ding ding

que eu vou pra Angola.

Anotações sobre a figura do macaco, por Joaquim Maria Botelho:

Personagem que provoca o riso fácil, não o escárnio pelo grotesco de Rabelais, mas o riso quase psicanalítico promovido pela identificação, pela semelhança, de Bergson. Rir do macaco é rir do duplo, do espelho, do outro em mim, de mim no outro.

O macaco é o homem tornado homenzinho, tornado duende. Uma constatação, aqui, mais filosófica do que darwiniana. Estamos falando de literatura, pois não?

Franz Kafka escreveu um conto quase surreal, chamado "Um relatório para uma academia"*. É a história de um macaco capturado na África e levado de navio para a Europa. Durante a viagem,

---

* Disponível em: <https://super.abril.com.br/ciencia/macacoum-relatorio-para-uma-academia/>. Acessado em 05 de janeiro de 2020.

os homens se aproximavam de sua jaula, para observá-lo. E o símio, por seu lado, os observava igualmente. Por fim, decide tornar-se humano, porque entende que seria a sua única maneira de sair da prisão. Aprende a fumar cachimbo. Aprende a tomar aguardente. E afinal aprende a falar. É uma narrativa mordaz, mas cheia de comicidade. De novo, o riso.

A metáfora da transformação foi, de certo modo, recuperada pelo ficcionista científico Arthur C. Clarke, morto em 2008, no seu clássico *2001: Uma Odisséia no Espaço*, levado para as telas por Stanley Kubrick. Numa das cenas mais concisas e expressivas do cinema, o macaco, nosso antepassado ancestral, agarra um osso e o lança ao espaço; girando, o osso é transmutado em uma nave espacial, num salto em que segundos representam centenas de milhares de anos. Aí o macaco não se torna apenas homem, mas avança para o estatuto de herói.

Os chineses, povo tão antigo que teve tempo de analisar todas as coisas sobre e sob a terra, deram a um dos elementos do seu zodíaco o signo do macaco. E assim descrevem os chineses as pessoas que nascem sob este signo: são bem humoradas, inteligentes e astutas; são malandras, muitas vezes charlatãs capazes de extrair tudo das outras pessoas, com o seu encanto inimitável. As pessoas do signo do macaco têm, em geral, complexo de superioridade, e podem ser egoístas, invejosas, fúteis. Mas os próprios chineses reconhecem que o macaco não é mau. É, diferentemente disso, como uma criança preocupada consigo mesma, deliciando-se com suas próprias espertezas.

Nos racontos apresentados aqui, Ruth Guimarães faz um mosaico da presença do macaco no fabulário brasileiro. O emblemático macaco é mostrado, não raro, como o malandro, o pícaro, o embromador, o que leva vantagem. É o homem falando do macaco, mas sentado em cima do próprio rabo ancestral.

Lembra-me a fábula em que o leão, passando por umas ruínas, vê uma estátua de um caçador estrangulando um leão com as mãos nuas. O leão observa a escultura, faz muxoxo de desprezo e filosofa: "Ah! Como a estátua seria diferente se os leões pudessem esculpir!".

E o que seria de nós se os macacos soubessem escrever histórias?

O macaco e o confeito

Macaco-guariba foi lavar a casa e achou um vintém. Comprou um vintém de confeito, subiu no pau e ficou lá comendo. Mas, macaco não tem modos, pula daqui, pula dali, acabou derrubando o confeitinho dentro de um oco da árvore. Enfiou a mão, pelejou para tirar, não conseguiu, foi direto dali para o ferreiro e pediu que lhe fizesse um machado, para tirar o confeito do buraco.

— Sem dinheiro não faço machado nenhum.

— Faz — gritou o macaco. — Vou contar ao rei.

Foi. Entrou no palácio, dando pulos e fazendo micagens e tropelias.

— Senhor rei — pediu —, mande o ferreiro fazer um machado, que eu quero cortar o pau, para tirar um confeito que caiu no oco.

O rei, nem como coisa. O macaco foi falar com a rainha:

— Senhora rainha, mande o rei mandar o ferreiro fazer um machado, que eu quero cortar o pau e tirar meu confeitinho, que caiu no oco.

— Mas é petulante esse macaco — disse a rainha. E não fez caso dele.

O macaco foi falar com o rato.

— Rato, roa a roupa da rainha, para ela mandar o rei mandar o ferreiro fazer um machado, que eu quero cortar o pau e tirar o meu confeitinho que caiu no oco.

— Macaco mais bobo! — comentou o rato. Estava comendo o queijo e nem se incomodou.

O macaco foi falar com o gato.

— Gato, mande o rato roer a roupa da rainha, para ela mandar o rei mandar o ferreiro fazer um machado, que eu quero cortar o pau e tirar o meu confeitinho que caiu no oco.

— Que besteira! — disse o gato, e nem se mexeu.

O macaco foi falar com o cachorro.

— Cachorro, mande o gato mandar o rato roer a roupa da rainha, para ela mandar o rei mandar o ferreiro fazer um machado, que eu quero cortar o pau e tirar o meu confeitinho que caiu no oco.

O cachorro deu um latido de impaciência, e nem se incomodou.

O macaco foi falar com o cacete.

— Cacete, mande o cachorro mandar o gato mandar o rato roer a roupa da rainha, para ela mandar o rei mandar

OS ANIMAIS NA MITOLOGIA AFRO-BRASILEIRA

o ferreiro fazer um machado, que eu quero cortar o pau e tirar o meu confeitinho que caiu no oco.

— Ah! Ah! — fez o cacete.

O macaco foi falar com o fogo:

— Fogo, mande o cacete mandar o cachorro mandar o gato mandar o rato roer a roupa da rainha, para ela mandar o rei mandar o ferreiro fazer um machado, que eu quero cortar o pau e tirar o meu confeitinho que caiu no oco.

— Saia daqui — disse o fogo.

O macaco foi falar com a água:

— Água, mande o fogo mandar o cacete mandar o cachorro mandar o gato mandar o rato roer a roupa da rainha, para ela mandar o rei mandar o ferreiro fazer um machado, que eu quero cortar o pau e tirar o meu confeitinho que caiu no oco.

— Bicho impertinente! — xingou a água.

O macaco foi falar com o boi:

— Boi, mande a água mandar o fogo mandar o cacete mandar o cachorro mandar o gato mandar o rato roer a roupa da rainha, para ela mandar o rei mandar o ferreiro fazer um machado, que eu quero cortar o pau e tirar o meu confeitinho que caiu no oco.

— Suma da minha vista — disse o boi, e continuou ruminando o seu capim.

O macaco foi falar com o homem:

— Homem, mande o boi mandar a água mandar o fogo mandar o cacete mandar o cachorro mandar o gato mandar o rato roer a roupa da rainha, para ela mandar o rei mandar o ferreiro fazer um machado, que eu quero cortar o pau e tirar o meu confeitinho que caiu no oco.

O homem resmungou:

— Hum!

O macaco foi falar com a Morte. Lá estava ela no seu trono de ossos, pavorosa.

— Morte, mande o homem mandar o boi mandar a água mandar o fogo mandar o cacete mandar o cachorro mandar o gato mandar o rato roer a roupa da rainha, para ela mandar o rei mandar o ferreiro fazer um machado, que eu quero cortar o pau e tirar o meu confeitinho que caiu no oco.

A Morte, que não estava de bom humor, pegou a foice e avançou no homem.

— Não me mate!

— Então abata o boi!

O homem foi para cima do boi.

— Não me abata, homem!

— Então beba a água!

— Não me beba — disse a água.

— Então apague o fogo.

— Não me apague — disse o fogo.

— Então queime o cacete.

— Não me queime — disse o cacete.

— Então bata no cachorro.

— Não me bata — uivou o cachorro.

— Então morda o gato.

— Não me morda — miou o gato.

— Então morda o rato.

— Não me morda — guinchou o rato.

— Então roa a roupa da rainha.

O ratinho subiu no guarda-roupa da rainha e foi no vestido mais bonito: *roqueroqueroqueroque...*

A rainha gritou:

— Não roa a minha roupa!

— Então mande o rei mandar o ferreiro fazer um machado para o macaco cortar o pau e tirar o confeitinho que caiu no oco.

A rainha mandou o rei, o rei mandou o ferreiro, o ferreiro fez o machado. O macaco derrubou a árvore, abriu o tronco, achou o confeitinho e foi embora, dando pulos e fazendo trejeitos.

BIBLIOGRAFIA

CARNEIRO, Edison. "Antologia do Negro Brasileiro". Rio/Porto Alegre/São Paulo: Editora Globo, 1950.

_____. "Religiões Negras — Notas de etnografia religiosa". Rio de Janeiro: Bibliotheca de Divulgação Science, 1936.

CENDRARS, Blaise. "Anthologie Nègre". Paris: Bouchet, 1979.

CHATELAIN, Héli. "Contos Populares de Angola". Tradução do inglês pelo Ten.-Cor. M. Garcia da Silva. Revisão do texto pelo Prof. Ilídio da Silva Torres. Lisboa: Agência do Ultramar, 1964.

ELLIS, A. B. "The Yoruba Speaking Peoples of Slave Coast, of West Africa". Londres, 1894.

HEINING, Peter. "Magia Negra e Feitiçaria". São Paulo: Edições Melhoramentos, 1979.

NINA RODRIGUES, Raymundo. "Os africanos no Brasil". Rio de Janeiro: Centro Edelstein de Pesquisas Sociais, 2010.

PARSON, Elsie W. "Folclore do Arquipélago do Cabo Verde". Lisboa: Agência Geral de Ultramar, 1961.

PROPP, Vladimir. "Morphologie du conte, suivi de: Les Transformations des Contes Merveilleux e de L'Etude Structurale et Typologique du Conte". Tradução de Marguerite Derrida, Izvetan Todorov e Claude Kaher. Paris: Poetique Senil, 1965/1970.

QUERINO, Manuel R. "Costumes africanos no Brasil". Prefácio e notas de Artur Ramos. Rio de Janeiro: Civilização Brasileira, 1938.

RAMOS, Artur. "As Culturas Negras no Novo Mundo". Rio de Janeiro: Civilização Brasileira S/A Editora, 1937.

_____."O Folclore Negro do Brasil — Demopsicologia e Psicanálise". Rio de Janeiro: Livraria Editora da Casa do Estudante do Brasil, 1935.

Revista de Etnografia. Museu de Etnografia e História. Orientação de Fernando de Castro Pires de Lima. Volume XIV, tomo 2. Lisboa, julho de 1970.

SANTOS, Deoscórides M. dos. "Contos de Nagô". Rio de Janeiro: Edições GRD, 1963.

TADEU, Augusto Viriato. "Contos de Caramô — Lendas e Fábulas Mandingas da Guiné Portuguesa". Lisboa: Divisão de Publicações e Biblioteca/Agência Geral das Colônias, 1945

VALDÉS, Ildefonso Pereda. "Negros Esclavos y Negros Libres — Esquema de una sociedad esclavista y aporte del negro en nuestra formación nacional". Montevidéu, 1941.

VASCONCELOS, J. Leite. "Etnografia Portuguesa". Lisboa: Livraria Castro e Silva, 1933.

BIBLIOGRAFIA

CARNEIRO, Edison. "Antologia do Negro Brasileiro". Rio/Porto Alegre/São Paulo: Editora Globo, 1950.

_____, "Religiões Negras — Notas de etnografia religiosa". Rio de Janeiro: Bibliotheca de Divulgação Science, 1936.

CENDRARS, Blaise. "Anthologie Nègre". Paris: Bouchet, 1979.

CHATELAIN, Héli. "Contos Populares de Angola". Tradução do inglês pelo Ten.-Cor. M. Garcia da Silva. Revisão do texto pelo Prof. Ilídio da Silva Torres. Lisboa: Agência do Ultramar, 1964.

ELLIS, A. B. "The Yoruba Speaking Peoples of Slave Coast, of West Africa". Londres, 1894.

HEINING, Peter. "Magia Negra e Feitiçaria". São Paulo: Edições Melhoramentos, 1979.

NINA RODRIGUES, Raymundo. "Os africanos no Brasil". Rio de Janeiro: Centro Edelstein de Pesquisas Sociais, 2010.

PARSON, Elsie W. "Folclore do Arquipélago do Cabo Verde". Lisboa: Agência Geral de Ultramar, 1961.

PROPP, Vladimir. "Morphologie du conte, suivi de: Les Transformations des Contes Merveilleux e de L'Etude Structurale et Typologique du Conte". Tradução de Marguerite Derrida, Izvetan Todorov e Claude Kaher. Paris: Poetique Senil, 1965/1970.

QUERINO, Manuel R. "Costumes africanos no Brasil". Prefácio e notas de Artur Ramos. Rio de Janeiro: Civilização Brasileira, 1938.

RAMOS, Artur. "As Culturas Negras no Novo Mundo". Rio de Janeiro: Civilização Brasileira S/A Editora, 1937.

_____."O Folclore Negro do Brasil — Demopsicologia e Psicanálise". Rio de Janeiro: Livraria Editora da Casa do Estudante do Brasil, 1935.

Revista de Etnografia. Museu de Etnografia e História. Orientação de Fernando de Castro Pires de Lima. Volume XIV, tomo 2. Lisboa, julho de 1970.

SANTOS, Deoscórides M. dos. "Contos de Nagô". Rio de Janeiro: Edições GRD, 1963.

TADEU, Augusto Viriato. "Contos de Caramô — Lendas e Fábulas Mandingas da Guiné Portuguesa". Lisboa: Divisão de Publicações e Biblioteca/Agência Geral das Colônias, 1945

VALDÉS, Ildefonso Pereda. "Negros Esclavos y Negros Libres — Esquema de una sociedad esclavista y aporte del negro en nuestra formación nacional". Montevidéu, 1941.

VASCONCELOS, J. Leite. "Etnografia Portuguesa". Lisboa: Livraria Castro e Silva, 1933.

**ASSINE NOSSA NEWSLETTER E RECEBA
INFORMAÇÕES DE TODOS OS LANÇAMENTOS**

www.faroeditorial.com.br

CAMPANHA

Há um grande número de portadores do vírus
HIV e de hepatite que não se trata. Gratuito
e sigiloso, fazer o teste de HIV e hepatite
é mais rápido do que ler um livro.
FAÇA O TESTE. NÃO FIQUE NA DÚVIDA!

ESTA OBRA FOI IMPRESSA
EM JULHO DE 2025